Mi querido Rafa

3/14/88

Para Susan y Ken

Con un abrazo caluroso de

Rolando Hinojosa

Gettysburg, P.A.

Mi querido Rafa

Rolando Hinojosa

Arte Público Press
Houston, Texas
1981

KLAIL CITY DEATH TRIP SERIES

Estampas del valle y otras obras
Klail City y sus alrededores
Korean Love Songs
Claros varones de Belken
Mi querido Rafa

Arte de la portada: "Corazón Sangriento de Tejas"
por Joe Rodríguez

Arte Público Press
Revista Chicano-Riqueña
University of Houston
University Park
Houston, Texas 77004

Library of Congress Catalog No. 81-68066

ISBN 0-934770-10-7

Printed in the United States of America

Este trabajo se dedica a dos veteranos de la segunda guerra mundial; a dos investigadores cumplidos; y, a dos señores de firmeza ejemplar.

La suma llega a seis hombres que, en partes iguales, se dividen en dos amigos: Luis Leal y Américo Paredes a quienes RH ama, aprecia y admira.

I

Malilla Platicada*

Lo que sigue consiste de sabiendas a primera mano y de diversas opiniones, así como de comentarios, de ciertos datos y fechas, y de acontecimientos que (por un lado) se saben y que (por otro) se suponen.

El escritor, el esc., piensa meter baza de vez en cuando.

Advertencia: el esc. ha de ser fidedigno, ha de ser fiel. El esc., en su estado de salud, no puede proseguir de ninguna otra manera llegando, como está, casi al final del juego.

Fondo: El esc., estando internado en el hospital de veteranos en William Barrett, recibió, por manos de Rafa Buenrostro, las cartas que a éste le escribió Jehú Malacara. El esc. se encontraba en el hosp. por lo del hígado (víscera traidora) que ya no resiste ataques de frente ni emboscadas de patrullas debido al gusto (que no al vicio, señora, y repórtese usted) y—esto sigue—por lo del pulmón izquierdo: le falla el fuelle aunque no por el trago sino por su corolario: la fumadera.

Luego, para acabarla, vino el capitán médico Barney Craddock con la noticia de que el esc. también sufre de basal carcinoma; en este caso, cáncer y de la cara. Esto era lo que le faltaba al esc. para completar el dólar.

Rafa, a quien el esc. dejó en el susodicho hospital, estaba internado a causas del ojo que sigue molestándolo: esas pequeñas cicatrices que lleva en la ceja donde también perdió partes pequeñas de hueso y la otra cicatriz en el párpado del mismo lado, se deben a lo de Corea. Según los médicos, otra operación ligera y el ojo quedará como nuevo. Rafa ya lleva cosa de tres-cuatro meses en el William Barrett Veterans' Administration Hospital.

Explicación: Al esc. le queda poco tiempo, cosa de ocho meses,

---

*Prólogo de P. Galindo a su compilación de datos que lleva por título *Mi querido Rafa*.

quizá nueve, o sea, relativamente, lo necesario para que nazca un ser humano, i.e., a no ser sietemesino como, a veces, suelen darse en el Valle, en el mundo, y en casas de conocidos, primos y parientes como suceso que va en suertes.

El tiempo, ya que de ello se habla, como cualquier cosa—como toda cosa, se acaba; se desmorona; se desliza; no perdona y más que marchar, cuela y corre. A veces, el tiempo se está allí quietecito y si uno no le molesta ni le pone atención, el tiempo, por su parte, desaparece. Eso, de no prestarle atención y de acabarse y de desaparecer, es muy del tiempo.

Lo dicho. Al esc., pues, le falta poco.

El esc. aquí también declara que su salud le impone que ésta sea su última contribución al cronicón del condado de Belken. No se ve que haya razón alguna por qué llorar o ponerse triste ya que la cosa no es para tanto; la salud le falla y ya.

El esc., en lo que pudo, hizo mucha caminata; reconoce, a estas alturas, que es enteramente posible que se le hayan pasado por alto ciertas verdades. Todo puede ser.

Lo que sí se asegura es que lo que sigue, hasta el momento, es todo lo que se ha podido aclarar sobre los sucesos in re Jehú Malacara, muchachohombre originario de Relámpago y, últimamente, vecino de Klail City, sede del condado de Belken en Texas.

Caveat final: ¿Sería mucho pedir que no se sorprendieran cuando los Anglos Texanos hablen inglés? Es su idioma natural y casero; se sabe que unos hablan español y cuando así suceda, el español saldrá por delante. Si se hablan ambos idiomas así saldrán también. También es natural que la raza del Valle hable más en español. Ahora, si la raza sale en inglés, así se reportará. (Hay que ser fidedigno, hay que ser etc.)

Jehú mismo, en las cartas que escribe a Rafa Buenrostro, nos da la pauta de ese engranaje lingüístico-social del Valle. Tal engranaje, que casi cabe llamársele levadura, es algo que mucho ha interesado a un amigo de la juventud segunda del esc.: el docto (y también doctor en filosofía) señor profesor José Limón.

Sufficit.

1

Mi querido Rafa:

Con ésta un abrazo y una esperanza de que te sientas mejor. Según Aarón, pareces uno de esos pájaros zancones que vemos en el golfo (y que tú y yo veíamos y ojalá lleguemos a ver de nuevo así que te repongas allí en el hosp.). So there.

Por acá casi sin novedad; este trabajo en el banco no es como para matar a la gente y uno, sin querer, se da cuenta de cómo cierta gente corre y maneja su vida en Klail y en buena parte de Belken. Parece mentira pero allí están las cuentas.

Ya que tienes que aguantarte en Wm. Barrett hasta el año que viene, haré lo que pueda para dejarte saber cómo anda el rol por acá. For now, las elecciones.

Ayer—y esto debe considerarse chisme ya que no tengo prueba alguna—Noddy Perkins mandó llamar a Ira Escobar a su oficina. Naturalmente, todo allí es soundproof, pero esa misma tarde, al revisar las cuentas y despedir al personal, yo le decía su good night al Perkins cuando Ira me ataja: "Que te quiero ver," dice. Me esperé y nos fuimos andando al lote que queda atrás del banco.

Ira andaba que se meaba por desembuchar; que Noddy "and some very important people, Jehú," le habían hablado seriamente, y etc. y etc. Total, que la bolillada quiere que Ira se presente, o que corra, como decimos, para comisionado del precinto núm. 4. Como lees.

Seguramente, Ira quedó decepcionado cuando me lo dijo ya que no tuve la gentileza de darle mis parabienes; lo que hice fue pedirle que me diera fuego para el cigarro que la acababa de pedir de corba. Se me quedó viendo y (Ira será bruto pero no del todo) vio que lo que yo tenía no era envidia sino solamente desinterés.

Se me quedó viendo un poco más y me preguntó si no sabía que qué significaba ESO: Noddy y los very imp. pers. querían postularlo (palabra mía que no de Ira) y que estaban dispuestos a verlo y a ayudarlo all the way.

Wherever that may happen to be, diría yo, pero quién soy yo para andar rompiendo ilusiones. A estas alturas tú bien sabrás que lo que Ira quería era dejármelo saber and that was it. Adelante: lo último que querría serían consejos y yo para eso tampoco sirvo. Estaba Ira que no cabía en sí y debieras haberlo visto cuando decía County Commissioner, Place Four; lo único que pensé era que qué serían los motivos de Noddy (y de la demás bolillada, although they're one and the same), ya que teniendo casi toda la tierra—AND ALL THAT MONEY, SON—allí tendría que haber gato encerrado. (If all this were true, of course.) Por ahora todo esto me tiene sin cuidado; para acabar, Ira se fue derechito a su casa a ver a su mujer para darle el notición.

Ira y su mujer llevan poco tiempo en Klail y no creo que conozcas a la muchacha; se llama Rebecca (Becky, don't you know) y es de Jonesville; Caldwell por el papá, pero raza a pesar del apellido, y Navarrete por el lado materno por no decir 'su madre' que, a veces, suena mal. La he visto pocas veces y casi siempre en ocasión de un bank party o cualquier picnic . . . (¿te acuerdas cuando íbamos a Relámpago a ver a las pelonas? ¿Se habrán casado, tú?) Anyway, no me cae mal a pesar de ser pesadita de sangre. A mí tampoco me ve mal, and there it stands.

As I said, es más bien chisme porque it could be que estén tanteando a mi Ira para que luego le den en la torre. ¡Lagarto! ¡Lagarto!

El que te manda saludos es el viejito Vielma; de la abogada ni hablar: sigue viviendo con tu cuñada y el barrio ya se cansó de hablar de "esas dos cochinas mujeres." Para qué te cuento; ya ves que seguimos tan avanzados como siempre y tú conoces este pueblo mejor que yo.

Reponte, come algo, y a ver cuándo te vemos por estas calles de tu Klail.

Abrazos, tu primo,
Jehú

2

Mi querido Rafa:

Primero: perdona la demora; mucho trabajo, poco tiempo, y de repente se pasan dos semanas y yo sin contestar. Segundo: Asistí al entierro del padre don Pedro Zamudio, el de Flora tan conocido. Allí conocí a dos hermanos suyos todavía mayores que él (y eso ya es decir algo). Hombres serios, nariz ganchuda como don Pedro y los tres tan calvos como la blanca de la carambola. Asistió todo mundo y por poco me río al acordarme del entierrazo que le dimos al tacaño Bruno C. Sabido es que ha llovido varias veces desde ese tiempo.

De vuelta me detuve en el cementerio mexicano cerca de Bascom viendo y leyendo nombres de gente querida y conocida. Ya sabes, todo mundo one day nearer the grave.

Item: Lo de Ira parece que va en serio: la hermana de Noddy Perkins vino al banco tres veces hoy mismo, and where there's smoke, pero por ahora no sé nada. (More on her in a minute.)

Corrección: Te equivocas y perdona; here's the story: Ira es Escobar por el padre (don Nemesio Escobar, emparentado con los Prado de Barrones, Tamaulipas. Got that?) Ahora lo fuerte y agárrate: Ira resulta ser Leguizamón—como lo oyes—por su lado materno. Leguizamón-Leyva. De la generación de tío Julián que en paz descanse. Y si vieras a Ira tú mismo lo dirías sin conocerlo; ese cabrón es Leguizamón en la pura pinta. La chamba del banco se la consiguió por eso, por lo Leguizamón pero (con todo eso) *yo* me cuidaría de Noddy P. Noddy's no fool y el pobre de Ira anda, in a word, encandilado—igual que los conejos: ojo pelón que no ve, orejas en punta que no oyen y allí está, listo para que se lo truenen con una .22; en este mundo hay gente para todo.

Ira mismo contó que irá a la casa de corte a pagar el filing fee. Camuco, camuco, camuco; aún sin pruebas estoy convencido que Noddy debe traer algo bajo el capote . . . I've been here three years, cousin, y apenas lo voy conociendo.

Tú, aunque no lo sepas, conoces a la hermana de Noddy. Ready? Es nada menos que Mrs. Kirkpatrick—la de typing, ¿te acuerdas?

> A S D F G & don't look at the key
> Q W E R T & keep your eye on me!

Sí, Power Kirkpatrick es la hermana de Noddy Perkins. La primera vez que me vio en el banco, será cosa de tres años, se me quedó viendo y me dijo, "Are you the Buenrostro boy?" Yo sabía que *ella* sabía quién era yo pero le dí el lado y los dos nos reímos; ya está veterana la Powerhouse and widowed all these twenty years, como dice ella; tiene todos los dientes más el dinero, quizá más, que le dejó su esposo. Ahora la Powerhouse se dedica al Klail City Women's Club y al KC Music Club y te juro que debe regir allí igual que lo hacía en Klail High. Dios las libre.

By the by, a Ira no le toca Place Four como le habían dicho—que feo suena eso: "como le habían dicho." At any rate, lo siguiente parece ser la jugada: Ira va a irse en contra de Roger Terry (Place Three) in the Democratic primary. ¿Te acuerdas de R.T.? Estuvo en Austin con nosotros; habla español; amigo de la raza. Ya sabes, Love's Old Sweet Song. Here goes: Parece que hubo piquete, resentimiento, perhaps a double cross or two; no sé—pero hubo algo. Y grueso. Noddy va a tratar de alinear a cierta bolillada contra Terry y en pro (así se dice) de mi Ira.

Talk about your strange bedfellows. The rundown: Ira en contra del bolillo, la bolillada en contra de éste, and so, our fair-haired boy en marcha. (Te apuesto que de noche—y solo—y quedo—y en el escusado—en frente del espejo—Ira se ve como Congressman allá en Washington; mucho es ese sueño pero cosas más extrañas se han visto, se han pensado (y si no, al tiempo).

There *is* one problem, however, y por eso los viajes y trotes de la Powerhouse: Noddy quiere que la esposa de Ira sea admitida al Women's Club. Allí te quiero ver, escopeta. More on this later.

La semana que viene este token irá a la Big House para un kick off Bar-B-Q para Ira. Una de las chicas del banco dice que se ha invitado a mucha gente—and she stressed the word *gente;* ya te contaré.

También—palabra de honor y de primo—te contaré más sobre Noddy y sus antecedentes aunque esto quizá sería repetir lo que tú ya sabes. Correct me if I'm wrong.

Me voy, me voy. Aquí te mando una foto; la bolilla que está a la izquierda trabaja en el banco.

Abrazos,
Jehú

3

Mi querido Rafa:

Estás de la mera patada y para eso son los *excuse mes;* one more thing, no seas tan mal pensado; uno, a veces, también va con buenas intenciones. Amén y he dicho.

Lo prometido in re Noddy:

Noddy Perkins es un señor de sesenta y corto pico de años; hijo de unos fruit tramps que cayeron en el Valle poco antes del tiempo de los sediciosos. Al padre me lo rebanó un tren de carga en dos o tres pedazos, según quien te cuente el cuento. Los que se acuerdan concuerdan en que andaba cuete. On the other hand, Noddy es muy medido: uno o dos farolazos diarios pero no se descompasa. Echevarría me contó—hace años—que Noddy no tenía en qué resbalarse muerto cuando se casó con Blanche Cooke; cabeza para negocios tendría y tiene porque él también les dice a los Cooke que se hagan un lado. (Habla español, natch, y le gusta que la raza le llame Norberto cuando la hace de vaquero los fines de semana. Te digo que hay gente para todo.)

A mí me ocupó hace estos tres años cuando me conoció en el Klail Savings; más tarde supe que también era (es) dueño of that there place, como dice él. In other words, it's owned by the Ranch. (As you know, we've no branch banking in Texas; not yet.)

Su mujer, Blanche, Miz Noddy, Mrs. Perkins, etc., está medio quemadita del sol y por el alcohol. Morenita de natural, tiene la voz pastosa y ronca debido a la ginebra que no perdona. Poco se asoma por el banco pero cada vez que vuelve from her 'periodic drying out,' como dicen las malas lenguas, ella y Noddy se van al Camelot Club o a la playa para celebrar su regreso.

Uno de los vicepresidentes, que también es el cajero, es parte de la familia Cooke-Blanchard. Of course, of course. Se llama E. B. Cooke, le dicen Ibby y todavía cree que la raza es dejada. Te digo que se necesita tener corazón de piedra para no reírse de él. Nos llevamos que ni fu ni fa; in other words: es puro y al amanecer cigarro . . . A word to the unlearned.

La esposa de Noddy se lleva bien con la cuñada Powerhouse; probably has no option or sayso in the matter; besides, tienen diŝtintos intereses. But make no mistake: *todos* se llevan bien, y más cuando it's family v. anybody else. La consentida es la Sammie Jo; two marriages, no kids, pero esto tú ya lo sabes. *We* still get along just fine, thank you.

Volviendo al padre de Noddy: le decían Old Man Raymond; Raymond era su nombre de pila pero la raza así lo llamaba en inglés; don't ask me why. (Tampoco me preguntes que por qué chingaos la raza llamaba Ricardo a Doyle Barston y Pedro a su hermano Neal al que también llamaban 'Catre.' ¿Quién nos entiende?)

Old Man Raymond murió con una mano adelante y otra atrás, and Noddy must have had a bad time of it there for awhile. Cómo se casó con una Blanche Cooke no sé, aunque no creo que él causó el alcoholismo, but you never know. Sammie Jo's our age, and so los dos se casaron tarde, right?

Noddy tiene pocas ilusiones y menos amigos, o quizá tenga la clase de amigos que la gente rica tiene PERO en Klail who's rich, besides them?

One more thing, he won't rattle. ¿Y cómo? He's got most of the deck in his hand. Así, ¿quién no? Still, hay que verlo en acción, and above all, no perderlo de vista; not even for a second: he'll skin you and then wait to watch while your hide dries out. Hasta allí el hombre.

Aquí la mocho por ahora. Abrazos,

Jehú

4

Mi querido Rafa:

A short note: ¡Salieron las balotas! Las primarias se llevan a cabo dentro de poco and from there las generales en nov. Según el run-rún más recién: Roger Terry ha tenido cierta dificultad en conseguir dinero para su re-elección. ¿Y mi Ira? Very well, and thank you kindly.

Te prometí contarte algo de la barbacoa y aquí va: Invitaron a medio mundo pero vinieron muchos más. Una buena señora (bolilla, regordete, y algo miope, diría yo) se sentó a mi lado; yo estaba escuchando un cuento algo largo y raído por no decir caduco (¡uco!) que contaba Mrs. Ben Timmens. Por fin acabó su cuento y casi al instante se lanza la recién llegada: "Well, just how many Mexicans *did* Noddy invite?" Eramos cinco en el grupo y yo 1) el único raza there; and 2) el más cerca a ella. Trataron de callarla pero ésta seguía dale que dale y los demás no sabían qué hacer con ella hasta que divisó a la Powerhouse y allá se fue. Well now, te puedes imaginar en lo que aquellas mujeres se vieron para disculpar o mejorar o deshacer lo que la amigaza había dicho.

Creo que todos necesitamos presenciar algo así de vez en cuando para que no se nos olvide y para que se nos quite la idea infundada de que todo va muy bien.

Ah, antes de que se me olvide. ¿Quién crees que andaba por ahí? Nada menos que María Téllez, bright, bushy-tailed, and in glorious living color, as they say. She walks and she talks: ¿y quién la calla? Que hace diez años fue querida de Noddy bien puede ser, pero ¡qué cruz, Señor!

It's sad, but a María la han hecho a un lado, aunque no lo parezca. Ayudará en las elecciones, sí, pero no en la de Ira; esto es algo especial. Very special, querido primo. Todo se hace por un advertising outfit de Jonesville. Oh, it's *very* professional; se ve que no se trata de rentar a Ira. Lo quiere lock, stock, and bbl. Y si no, allá vamos: verás el retrato de Ira en casi todo el condado. You can't miss it. Running for *one* precinct y se ha gastado dinero desde Jonesville a Edgerton y desde Ruffing a Relámpago.

Según la raza, Noddy y la bolillada de dinero le están dando contra a Roger Terry porque éste 'quiere a la raza.' Nunca aprendemos: la raza todavía sigue con eso: *porque quiere a la raza.* Lo que sí se sabe es que mucha raza (pagada, comprada y echada a la bolsa) dice que Ira Escobar es un muchacho de talento; un modelo . . . (Un modelo 'T' de los que ya no se oyen ni se ven, pero veremos qué pasa de aquí en tres meses).

And would you look at this: según una chica del banco (otra bolilla) la Sammie Jo misma nombró a la esposa de Ira como miembro al Women's Club; la chica (se llama Esther Bewley) es de aquellos Bewley de los ranchos. (¿Te acuerdas de aquellos po' whites, los Posey? Son parientes. ¿Ya? Okay). Esther dice que todo el camino ya se había allanado para cuando se le nombre a Becky. A lot of pressure; muchas of Klail's finest echaron maldiciones, escupieron, juraron, y todo el pedorrón que se debía de esperar, but, in the end, economic reason prevailed: Noddy tiene notas bancarias de todo mundo y con un leve tirón el que no es atarantado se alinea. Después de que habló la Sammie Jo (ahora usa contact lenses)— habló la tía Powerhouse—and, as a capper—la Bonnie Shotwell— qué me dices—la Bonnie Ess herself spoke in favor of Becky Escobar. No, casi nada; pura bolita blanca y allí tienes a Mrs. Escobar en el KC Women's Club.

Today the Women's Club, tomorrow the Music Chorale!

¿Qué te puedo decir ahora de Ira Escobar?

Aquí la mocho y hasta la próx. de la serie.

Abrazos,
Jehú

5

Mi querido Rafa:

Lunch at the Camelot; Noddy me mandó (& *that's* the word, son) a que fuera a look over a deal; Noddy se quiere deshacer de la agencia de carros y el buyer wants (has) to use the bank's money for said purpose. A eso se le llama barrer pa' dentro. Fue cosa de dos horas; no tenía qué ya que los abogados se encargarán—still, two hours away from the bank are two hours away from the bank y lo que se oye en el Camelot no se oye en cualquier lugar.

Some recalcitrants are still not happy re Becky Escobar's membership—pero se van a peer pa' dentro. Así se van a quedar. Te digo que the next target is the Music Chorale—Noddy hace lo que le dé la ch. gana & what you gone do about it, Slick?

Pasó la Sammie Jo mientras comía con el cliente y todo mundo dejó de comer; well, the women did, at any rate. Cabrona la Sammie Jay; le importa poco. She knows 'em; ¡hasta se peinan como ella!

Knows 'em?—She owns them!

Te apuesto: el día que deje de fumar, TODO MUNDO DEJA DE FUMAR. I mean, she doesn't even have to *give* an order. ¡Viva mi Klail! But:

Back to business: el cliente es un bolillo de William Barrett o de Houston; one of the two. Hard to pin down, ya sabes. Tiene negocios en los dos y trata con bancos allí, but for *this* deal he borrows from us o no hay trato. He's got the money (we've checked) pero como siempre, el life insurance policy que le sacamos, for slightly more than the loan itself, en este caso $700,000, se lo compra a Blanchard-Cooke Underwriters; that's no broom, son, it's an upright Hoover. He also pays the premiums for us, the beneficiaries, in case of untimely demise.

I'll tell you, con todo esto de dinero y etc., casi nunca se ve: one just talks about it, but, in the long run, casi ni se ve. Nací para banquero, dejando de ch.

A otra cosa. ¿Te acuerdas de Elsinore Chapman? *What* a question! Se casó y aquí vivió por cierto tiempo; she was in a wreck up in Ruffing—choque serio y llevaba unos veinte días en el hospital and doing well, and then, de repente, se murió. Just like that. Me lo dijo Pennick o Morley; no me acuerdo cuál de los dos; me sentí mal aunque no sé por qué. I guess it's just natural; no sé.

Oye, ¿qué quieres decir con eso de que hablara con Acosta sobre tus terrenos? Fui a verlo pero no estaba allí y dejé recado, but that was over two weeks ago y hasta la fecha.

Abrazos,
Jehú

6

Mi querido Rafa:

Qué gusto saber que vas en buen rumbo; Israel y Aarón estuvieron aquí ayer, domingo. Ya sabes: carne asada, cerveza y plática. El Rafita de Israel es puro Buenrostro; a mí no me trata de 'tío,' me llama Jehú. Lo has de ver cuando anda: manos en la bolsa, viendo pa' bajo, y dando largos pasos. Parece que no les da lata a tu cuñada & a Israel.

Look at this: IRA ESCOBAR: THE MAN WHO BELIEVES IN BELKEN COUNTY! ¿Y qué chingaos quiere decir eso? P's nada, right? De eso se trata, tú. Todos los rótulos están en azul y colorado con fondo en blanco; tengo tres ball points y un bolón de gofer matchbooks y hasta un secante para la tinta; sí, hombre, *blotters*.

Noddy (y los Leguizamón, diría yo) están gastando mucha pica. A Ira casi ni se le ve en el banco por las tardes and things are looking bad for Roger Terry.

Anoche: otra barbacoa. Esta fue en Raymond Perkins's Field; los cocineros eran los vaqueros de Noddy; la música ídem; y hubo baile para todo mundo—mundo mexicano, of course. Invité a Olivia San Esteban (Hi, there!) Yo no me pierdo de nada, tú. ¿Te acuerdas de Oli? Se hizo farmacéutica después de enseñar dos o tres años; & now she's in partnership with good old Martín el cervecero que tan mala fama cobró cuando estaba en Austin con nosotros; as if I needed to remind *you* of *that* piece of business.

Por fin conocí a la esposa de Ira: No Quiebra Un Plato and Butter Wouldn't Melt . . . Luego luego le dijo a Oli que *ella* había ido a North Texas State: a music major. Y que era miembro del Women's Club. Are you ready? On the next breath, le preguntó a Oli: "Do you belong, Ollie? I mean, are you affiliated?"

¿Y Ira? Sonriendo like a cat eating shit grits. Oli le dijo que su mamá no la dejaba salir de día y por poco se me sale la cerveza por las narices. Me dio una tos de la patada.

Becky se quedó como si tal cosa. Después habló de Denton como si fuera el ombligo del mundo, lo que, a mi ver, es un error de 180°. Es más Leguizamón que los Leguizamón y eso ya es mucho decir.

And, you guessed it, ella no baila 'those dances' y también 'at those dances.' Díganme a mí que Noddy no sabía lo que estaba haciendo. (Pero, con todo eso, tiene un cuerpazo y a mí no me ve turnio la Becky.)

Esta mañana, en el banco, Ira me dijo que Becky 'had a ball, a real ball,' & that she'll see to it that Ollie gets into the Women's Club. At times, at work, I really need a drink now and then.

Después de la B B Q, Oli y yo fuimos a coffee and pie al Klail City Diner y allí nos sentamos con Noddy, su cuñada Anna Faye y el esposo de ésta: Junior Klail. Hablamos de todo un poco y cerramos el lugar a eso de la una.

Durante la plática surgió el nombre de Roger Terry varias veces y a pesar de la tunda que le están administrando en las barbacoas y en los anuncios, allí no se habló mal de R. T. Se me ocurrieron tantas ideas de por qué no se habló mal de él—en ninguna forma, ni veladamente, ni de intención—que me faltaría tiempo, papel y tinta para darte mis ideas y razones sobre el caso. And I'd probably be wrong on all counts.

La bolillada sabe más de nosotros de lo que sospechamos. Se parecen a los viejitos . . . son bilingües aunque hay mucho secreto en eso; casi como los masones.

Por ejem., sabían de los estudios de Oli y le dejaron saber que conocían a sus abuelos; nada de canchola tampoco, muy as a matter of fact; Ira no sabe en qué se ha metido . . .

El Junior Klail—allí donde lo ves—no lo ahorcas por menos de $37 millones, según Noddy, & *he* should know. Dicen que una vez que no le gustó algo que se dijo por radio o televisión (and I'm telling this badly), como sea, no le gustó lo que se dijo en un programa noticiero y mandó telegramas quejándose con los dueños or somebody. According to some there was some sort of apology from the head of CBS o NBC; según otros, que no, que no hubo nada. Count on me to get my stories right, right? Se llama Rufus T. Igual que el fundador del siglo pasado y debe ser el núm. 4 o 5 del mismo nombre. Llamarle Junior suena mejor que Rufus IV o Rufus V que huele a rey o a caballo, and it's Junior although Junior's nudging 60.

Abrazos,
Jehú

7

Mi querido Rafa:

The democratic primaries have come and gone, and the winner!!!! is Ira Escobar. Everyone loves a good loser so Roger Terry announced *he* would run as an independent. An independent? In Belken? At any rate, de aquí a noviembre son cosas de tres meses y de ahora en adelante, neither side is taking prisoners.

El cambio en I.E. es increíble; digan lo que digan, seeing is *not* believing. A lo menos yo lo veo y no lo creo. Juraría que se da shine en la cara ya que, God forbid, *eso* no puede ser sudor. Es lustre. Le bailan los ojos y es de lo más acomedido que pueda haber. Mira: sólo le falta llamar a Noddy así, Noddy, en vez de Mr. Perkins pero sabido es que hay que darle tiempo al tiempo. Of course, el descaro sigue: Reps or Dems, they're all ours, según Noddy. ¡Qué bonito, chingao!; así se evita la hipocresía.

Esther Bewley me dice que Becky es más fiel a las reglas del Women's Club que las mismas fundadoras. Así da gusto: ¿a quién le gusta andar con medias tazas? El otro día, según Esther, habló sobre patriotismo, lealtad, y amor maternal. Muchos aplausos y flores; cortó rabo y oreja, dio vuelta al ruedo y sólo faltó que la cargaran en hombros. They didn't do it, of course; fools that they are.

El trabajo va bien y sigo viendo a Oli de vez en cuando y casi siempre los fines de semana.

Una cosa no entendí de lo que dijiste sobre las tierras del Carmen. Por fin fui a la corte con Acosta y todo está en regla: contribuciones pagadas, propiedades bien demarcadas todavía, there've been no changes, etc. Eso sí, los Leguizamón siguen siendo tus vecinos igual que antes de que nuestros abuelos nacieran. Llamé a Israel y a Aarón on this, pero no di con ellos; así que me llamen nos juntaremos. Pero tú descuida allá y ve por tu salud que por acá no hay peligro; las tierras están allí y para eso estamos

Israel, Aarón y yo.

La que apareció aquí muy de mañana & apareció is the very word, fue la esposa de Noddy. Tembeleque y algo tiesecita, parece que necesita otro viaje a su spa. Llevaba el pelo un poco más azul de lo común y, a pesar del calorón, portaba guantes de salir; en la cabeza una bufanda del mismo color azul cubriendo su pelito ralo que lleva en bouffant.

Le dije a Esther que le abriera la puerta y que la atendiera; en eso fui a ver a Noddy y éste salió como bala y la condujo a su oficina. *En menos de cuarto de hora* vino el chofer; I mean, *he's* supposed to take care of her. Yo fui con el chofer para acompañarla a la casona. How she *got* to the bank no one knows. No me dijo media palabra pero no creas que lo tomé a pecho; la pobre ya andaba medio eléctrica y estaba lista para su viaje a Colorado donde la curarán hasta la próxima de la serie.

La Sammie Jo andaba por ahí y ¿qué te puedo decir yo a *ti* de ese ganado? Estábamos los dos de pie cuando de repente sale la Powerhouse: "Got something to tell you, Jehú."

No era nada; me contó de que cuando ella era joven, Pancho Villa vino al Valle—a Ruffing, tú—y que descarriló un tren, etc. Que ella vio a los muertos y quemados, y que Villa etc. y etc. Tú bien sabes que se trata de los sediciosos. Y allí estaba ella con sus setenta y pico de años y traca-que-traca que Villa aquí y Villa allá. ¿Para qué, y cómo, explicar o hablar de esto a esa pobre, indefensa, y ridícula mujer? Mientras todo esto, la Sammie Jo echando clavados en la alberca. As we both know, tiene buena pierna; take my word cuando te digo que no le gana a Oli ni a Becky who, by the by, me habla y me saluda pero de muy buena gana. Así que la Powerhouse se fue a Klail, S.J. and I had some coffee later on . . .

De ahí al banco de nuevo & just in the nick to see don Javier Leguizamón himself. ¡Qué te digo! Himself se veía bien y se apresuró a decirle a Noddy que yo, de chico, había trabajado en la tienda; si apuestas que mencionó a Gela Maldonado entre todo esto, you lose the bet.

Te juro que ésta debe ser la primera vez que oigo a Himself hablar en inglés; se defiende, I'll say that.

A Noddy le dí a entender que todo bien en casa y, como siempre, con estas relaciones que tenemos con la bolillada: todo solapado.

Ira no cabe en sí; he can taste that oh-so-sweet (and I should add *heady*) wine of victory. El otro día after work, le dije que no era para tanto: que se trataba de *un* puesto en *un* condado de los 254 que tenemos en Texas. Well, shit . . . se me quedó viendo como si yo fuera un carro que se había echado a andar por sí solo . . . Pobre. Lo que él trae entre mano (y entre ceja y ceja) es irse a Washington en dos o tres años. And that's what *he* says, cuz.

La que sí se ha bolado un punto es mi Becky; a veces, solamente, Beck! Parece mentira, pero cuando habla inglés hasta suena como bolilla, no del Valle, no, pero de esas de East Texas; know what I meeeeeeeean? Raza papelera; parecemos changos, hombre; donde quiera nos acomodamos y a cualquier árbol nos trepamos. Unos dirían que a eso se le llama adaptabilidad, but there must be some other word; surely. We did manage to have coffee together, though. One does need to be discreet; habla por los codos. The next time, es decir si hay repeat performance, I'll bring a bag.

Ira está convencido que ella inventó el pan rebanado ¿y para qué te cuento más? Un ejemplo: a mí me habló de réditos e intereses, de préstamos y ventas; y para acabarla, de la deuda nacional. La Sammie Jo que es una bestia (neither more nor less) aprueba todo lo que la otra dice; ¿Ira? Te podrás imaginar: encantado de la vida con su helpmate. Pero no se le quita a la Becky: 'ta buena la cabrona.

Volviendo a lo de don Javier: me preguntó por ti y le dije la verdad. No me creyó, estoy seguro, and so it goes in Klail.

Abrazos,
Jehú

Posdata: See here, no hay por qué reconvenirme: te mandé las dos ball points de todo corazón. Ahora, que no funcionen es otra cosa y hasta puede que haya algo simbólico por allí.

Mine doesn't work either.

J

8

Mi querido Rafa:

¿Qué crees? Ira, our Ira, ¡no toma! No; not even a beer. He must be an Eskimo, si no, entonces ¿cómo se explica?

El dom. pasado hubo tripas, cerveza y carne asada en el ranchito del primo Santana Campoy; Santana disparó derecho y parejo. Please note: hubo no menos de veinte bolillos de río arriba.

Yo también andaba de buenas y a la media hora empezaron las puntadas y las tallas, ya sabes. Allí estaba Ira con una RC Cola en una mano y taco de tripas y servilleta en la otra. Contó un chiste muy viejo y luego lo contó de nuevo, esta vez en inglés y salió mejor: esta vez se rieron unos bolillos.

Tú sabes que cuando uno se lleva—y más en ese tipo de reunión—se puede decir lo que le dé la gana ya que siempre se le va a contestar a uno de la misma forma. Why not? Somos del Valle, casi todos nos conocemos y de una manera u otra mucha raza está emparentada (malgré nous). Además, el choteo es el choteo.

Como el pobre de Ira carece de sense of humor, luego luego Santana y Segundo de la Cruz se le echaron encima, le tronaron tres o cuatro en un minuto y la risotada se oyó hasta el otro lado del Río. Seis o siete de los bolillos hablaban español igual que nosotros y no se les pasaba nada. ¿Y mi Ira? Entre azul y buenas noches.

Re la cerveza: Dijo que le daba dolor de cabeza. Santana countered que Becky le daba una paliza & from there el choteo de nuevo. Va a ganar: tiene una concha de tanque Sherman.

Al atardecer y rumbo a casa, vi su cara en casi cada poste y palma entre el ranchito y Klail, and *that,* cuz, is no mean distance.

Mañana es lunes y Noddy y yo vamos a ver unos terrenos al oeste de Klail; the old Cástulo Landín property; it belongs to Tadeo Landín now. Se trata de una cuarta sección que Noddy quiere comprar AND since I am the chief loan officer, yo hago los trámites; no parece que haya dificultad y se hará de esta manera: le compraremos el terreno, pero le pasamos el dinero en forma de 'loan'; paga los réditos del préstamo dos veces por año (it's his money and ours, ¿ves?) Tadeo no pierde, and I.R.S. (una de sus propias leyes) no recibe sorbete: el 'loan' se pagará en veinte años. Tadeo paga los réditos dos veces al año as per terms of the contract: 40 payments; y el banco, get this, *renta* la propiedad (as a lender) y divide los 180 acres en 4 labores de 45 acres each al que quiera sembrar. And, Landín has his money in deferred payments and as operational capital—on demand. To add to this, *he* can rent the property back and *then* pay interest (which is deductible) and what else? Well, he can also keep his share of Gov. money for not planting the sugar cane he wasn't going to plant in the first place.

Se oye mal, but it's all perfectly legal.

¿Y la raza? La raza va aprendiendo; con decirte que en Klail, que no es gran cosa, hay cuatro abogados raza y que dos de ellos se especializan en real estate, ¿pa' qué te cuento más?

Como ves, parte de la raza va recobrando terrenos y parcelas que se habían perdido años y años atrás; la bolillada todavía is sitting on top of the pile of money, pero el tiempo dirá.

Son casi las doce de la noche y tiempo de ir a la durmia.

Abrazos,
Jehú

Pd. ¿Qué pasó con el retrato? No venía dentro del sobre como dijiste; mándalo.

J.

9

Mi querido Rafa:

El retrato por fin & thanks.

Who's the girl? ¿Es del Valle? Tiene fachas de raza y bolilla. ¿Es mitá y mitá?

Los preliminaries del terreno en marcha; they're now in the hands of the attorneys, como decimos nosotros los banqueros.

El viaje de vuelta con Noddy fue otra cosa; es bolillo, sí, pero su procedencia (a fruit tramp for a father) le ha marcado y le ha amargado algo la vida. Lo de su mujer no le molesta; la trata con consideración y si no hay ¿hubo? amor, él ha mostrado tesón y paciencia en ese ayuntamiento. El dinero le importa mucho, sí, pero creo que le gustan los *deals* un tantito más: conseguir pista de algo, regatear, "Jew 'em down, Jehú," y luego meterse con los abogados and, first, last, and always: la política. The man lives and breathes by it.

No tiene—mejor, no da—tiempo a los Rotarios. "That's bullshit," dice, pero como quiera manda a Ned Reece como socio y le paga todo el costo; que los Kiwanis, que los Leones, nada, nada, but look here: siempre compra cien boletos de esto y aquello and no questions asked. And, of course, a steer here and there for an occasional barbecue. . . .

A mí me ocupó por la buena recomendación de Viola B. Yo no me hago ilusión alguna, but I do earn my bread at the bank. Mi vida personal es mi vida personal aunque el muy cabrón sabe más de la cuenta. He doesn't know *everything*, of course, otherwise . . .

A decir verdad, yo nací para banquero; no doubt about it. Si hice algo bien en esta vida fue 1) to major in English and History; 2) la de dejarme de chingaderas con la enseñanza en la High; y 3) de ser recomendado por Viola Barragán en el Klail Savings. (From there, the rest is history: young Chicano is later hired at the Klail City First National and from there on to greater glories). ¿Pero morir como trabajador en un banco? Gives one pause.

Hablando de Viola: le divisé en uno de los parties de Noddy; no aquí en Klail sino allá cerca de mi Relámpago querido. ¿Te acuerdas de las tierras de los McCoy y de los Ridings? Unos parientes Malacara (Chuy, Neto, y Gonzalo) compraron parte y Noddy la otra mitad que también da al río. Ok; allá divisé a Viola; me vio y se vino a darme un abrazo y me dijo que me tenía ganas. No se le quita.

Don Javier andaba allí—he must have thirty years on her, right?—y Viola me dijo: "¿Ves a aquel cabrón? Fue a Houston a que le pusieran un tubito en la pirinola; así mea, y cuando puede, todavía se trepa en alguien." De ahí la risa conocida de esta mujer bravía y de mucho ovario. (Lo de Olivia y lo mío lo sabrán hasta los perros porque Viola dice que ya era tiempo que me apaciguara.)

Se acordó mucho de ti; le di tu dirección y—conociéndola—te ha de mandar regalo. Our old boss, and now her present husband, andaba merodeando por ahí, pero sin chistear: Viola B. keeps a very short rein. Rations, too, I would suspect. De todos modos, Harmon se ve mal, decaído.

Viola y yo hablamos del banco, de mi trabajo y—como siempre—de business. Piensa comprar unos drive-in theaters y yo le dije (lo que ella sabe mejor que yo) that she's a preferred customer. La muy cabrona me guiñó un ojo y dijo: "Lo que quiero saber, flaco cabrón, es cuando te casas para darte un arrejuntón la semana antes." Con esto un beso, otro abrazo y un recuerdo re los drive-ins.

¿Qué más puedo decirte de V.B.?

Olivia llegó así que se acababa de ir Viola y dijo que Becky la quería recomendar para el Women's Club; O. le dijo, "Thanks, but no thanks." O., a veces, te puede dar una sonrisa que empalaga y la pobre Becky just couldn't understand why O. didn't want to join.

For the record: de todas las mujeres, Becky era la única que llevaba sombrero. Still, se veía chula la cabrona.

El que vino a saludarnos a Oli y a mí fue Conrado Aldama, Col., U.S. Army Ret. A éste sí que se le "olvidó" el español. Allí estábamos aguantándolo cuando nos cayó Ira. Oli turned to me and said, "Somos cuatro raza juntos. I think it wise to disperse; we're too good a target." Decir esto en voz alta a esos would have been wasted on them, ¿no te parece?

¿De qué crees que habló Ira? You got it . . . Oye, ¿y si no gana? (There's been a lot of money spent, son). Te diré esto: la raza está convencida que "Ira's their man" and the bolillada that "Ira's their boy." La bolillada sabe de dónde viene la mosca. It's in the bag.

And, speaking of Roger Terry, he still does most of his business with the bank. Noddy, to me, y en plena confianza, dice que R.T.'s getting what's coming to him. Noddy, by the way, says this very matter of factly; there's no heat in his words.

El party era lo común y corriente: party de bolillos con comida mexicana y cerveza texana. The parties and I are both getting old.

Aquí la mochila.

Abrazos, Jehú

10

Mi querido Rafa:

Elecciones, elecciones, y sigue la yunta andando.

El campaign manager raza de Ira, need I say it? es none other than Polín Tapia. Pasó por el banco esta a.m. Picking up orders from Noddy & some dinero; nihil novum. Los años no pasan por ese hombre—ni las indirectas tampoco, pero eso es harina de otro costal. Una vez, allá cuando tú y yo tendríamos unos doce años, Bobby Campbell me preguntó: "Is Polín Tapia the mayor of Mexican town?"

Le dije que no. Zonzo uno, ¿verdad? We just weren't adept at fielding subtle insults at that time. Sin embargo, a mí se me quedó eso de "Mexican town" y luego me puse a pensar que qué llamarían los bolillos al Rebaje, al Rincón del diablo, a la Colonia Garza, al Cantarranas, etc.

Hablando del cabrón de Campbell, por si te interesa, trabaja en un Sporting Goods Store si mal no recuerdo. So much for being voted the one most likely to succeed . . .

Ollie and I are going to Barrones, Tamps. for a night-weekend on the town. More (or less) on this at a later time.

Oye, ya es tarde y tengo que ponerle pare a ésto, pero, antes de que se me olvide, ¿podrías ir a visitar a una familia en William Barrett? Se portaron muy bien conmigo cuando me licencié del ejército. Se apellidan Gamboa y viven—o vivían—en la calle Lake; look 'em up.

Abrazos,
Jehú

11

Mi querido Rafa:
  Wednesday night.
  Tú dijiste que había gato encerrado en eso de la elección.
¿Sabes algo o se trata de la sospecha que es más el ruido que las
nueces? A ver, desembucha. At times I think I'm too close to the
action.
  Vivir para ver y vivir para aprender. (Yes, it *is* National
Cliché Week already.) Becky was in early Monday a.m. re the
dinner at her house. Yo la trato poco, hasta ahora muy poco, malgré
moi, aunque siempre con consideración. Mucha consideración. Lo
que sí se puede decir en su favor también es que habla pestes de
todo mundo y debido a su eclecticismo, ejem, a veces sale con unas
puntadas casi casi originales. Ya sabes, al diablo lo del diablo y
¿para qué escatimar? Lo que le falta es sentido de equilibrio. Pero:
tiene cierta sal y gracia. Desde que nos conocimos, ahora con lo de
la elección, nuestra conversación más del tiempo consiste en
preguntarme de asuntos personales y de contestar yo, aunque no
siempre ni del todo.
  Noddy knows she asks questions, of course, but Noddy also
knows me. A Noddy son pocos los que le llevamos el pulso y la
corriente; besides, los remos (metáfora) de Becky are too short; far
too short. Para decirlo de una vez, a pesar de lo criticón que soy, me
cae bien B.E.
  So, en chez Escobar todo va bien; money in the bank, friends in
the street, and beer in the belly; bueno, en el caso de Ira, R C Cola
... Becky también tiene ideas de Washington, D.C. Quizá provengan
de Ira; lo lindo del caso es que ni piensan en un apprenticeship en
Austin; nada, nada: de Belken a Washington, but as *you* say:
primero hay que ganarse la elección del condado.
  Sin querer, por ella supe, and putting together what I already
knew, algo que trata de la caída de Roger Terry; these are merely

bits and pieces, pero no voy muy descaminado.

En cierto asunto de business and FAMILY, Roger T., no aquí en Belken sino en Dellis County, despojó, legalmente, unos terrenos de un conocido de Noddy; don't know the name, sorry. BUT A GOOD AMOUNT OF LAND, according to Becky. R.T. fue, as he can and should, el broker en el asunto y las tierras esas las compró una familia mexicana de Flads, right there in Dellis County. My guess es que fueron los Cruz, los Lerma, o los Fischer Gutiérrez. O todos juntos. At any rate, Noddy quería esa tierra; more than that, no quería que se vendiera a ninguna raza . . . y menos a esos que yo sospecho. They're good tough people. Parientes on the Rincón side, right? "Them cabrones (aquí Noddy) are ganging up on me." Pero perdió y perdió bien, I'll give him that; pero el rencor, and it had to go somewhere—devolved on Roger Terry.

Lo que te acabo de contar son cosas de Becky; lo dijo en su casa y en plena confianza. Yo, y viva el cinismo, me pregunté: "Why is she telling me all this?" Olivia no dijo nada; se durmió temprano porque aquello duró hasta la una o las dos. Becky, by the way, tiene los ojos color de café sin leche. Está buena la cabrona.

Still with me? Tuesday, el día después de la visita a chez Escobar, a la esposa de Roger T. me la detuvo Patrolman Bowly T. G. Ponder; le dio su ticket *and* a citation to appear before Judge Fikes, PLUS a relatively hard time. Not much, no but lo bastante para que le calara. And, this week, dos accounts de R.T., algo serios, hicieron un 'alienation of accounts' y se fueron con Gaddis & Gaddis, Attys. at Law; well now, R.T. no se va a morir ni de sed ni de rabia on account of this, but it must be recognized que se le cortó un poco de terreno. Lo de la esposa is just good old fashioned harassment, pure and simple as we know it in B. County.

And, looky here: de repente, out from left field *somewheres, otro* contrincante independiente v. Roger. Some anglo; don't know him at all; most prob. a Bascom or Edgerton type brought in for the very purpose. (All I've seen so far are a few handbills.) This comes on top of Ira Escobar's resolute opposition and so R.T.'s going to have to come up with some more cash. (This is going to cost plenty money, Papa-san, como nos decían en Big J.) What we bankers call 'an unforeseen cash flow.' (Ira, by the way, isn't sweating the new guy in the race and *that's* a surprise.)

Now then, if one adds this to el dineral que se está gastando en Ira, uno tiene que decir que there's more to this than meets the jaundiced eye. I mean, *it's a lot of money for one county seat*, son.

Por ahora todo es conjecture y yo tengo poca información pero, and this you can't deny: You and I know de dónde vienen los golpes &, of course, quién los da. What is missing is the how and the when.

Here's el último clavo in the box of this grand historical design: la printing shop de nuestro viejo patrón misspelled— misspelled, for God's sake—R.T.'s name. No, no tuvo que pagar, pero para qué decirte más: se tardaron dos (quizá tres) semanas para reponer todo y para ese tiempo allí estaba Ira Escobar's smiling face all over the place; y antes de que se me olvide, Roger tuvo que esperarse dos o tres días over and above the due date por falta de tinta. Sí, y estoy contigo, todo puede ser una gran coincidencia. ¿Y si no?

Noddy me cuenta muy poco (it being none of my business) and, besides, I'm just a hired hand, as they say. So, officially, no *sé* nada.

Bueno, aquí la cierro. Pórtate b. que poco te cue.

Abrazos, J.

12

Mi querido Rafa:

A Relámpago y al Carmen; Israel y Aarón y las familias bien; en Relám visité las tierras y la casa vieja de doña Enriqueta; por casualidad allí andaban Angela Vielma y tu cuñada Delfina. Hablamos de ti & a good time was had by all como dicen los mejores escritores de tarjetas postales. Tu cuñada se ve de lo más contenta y quién no al deshacerse de Rómulo; una verdadera joya ese muchacho.

Por si te interesa (cosa que dudo de todo corazón) Rómulo is now a very uncivil servant at the International Bridge; trabaja y vive en Jonesville. Ya no es parte de la familia, of course, pero según las muchachas, Rómulo cae por aquí de vez en cuando. Me acuerdo que de tus concuños, éste era tu favorito. ¡Los hay con suerte!

De Relámpago, Olivia y yo le seguimos por el river road hasta el camino que se divide rumbo a Flora o a Klail; decidimos ir a Flora a cenar; needless to say, vimos y vimos Ira's smiling countenance all the way to Flora. ¿Y cómo evitar a tantos Iras Escobar?

Después a Klail, and so to bed.

A short note, but a telling one: Israel y Aarón están dispuestos a repartir tus tierras y a pasárselas a los que tú nombres. And that's it.

Abrazos,
Jehú

13

Mi querido Rafa:

Faltan tres semanas y unos días para las elecciones famosas y al llegar al banco, a sealed envelope on my desk:

> Jehú:
>
> As soon as you come in, come by the Ranch. Bring your brief case and mine. Tell one of the girls to call ahead that you're on your way.
>
> N.

Dicho y hecho.

El viaje es cosa de media hora; llegar, no hay ningún carro en frente de la casa grande; le rodeo por la izquierda—sure enough— no menos de ocho carros y pickups in front of the bath house behind the pool and the bar.

Son las nueve menos diez y los cowboys han estado tomando café desde antes de las seis. De seguro. And who do I see there? A Roger Terry, that's who.

It's all stiffly cordial if not exactly friendly. No veía qué vela tenía yo en ese happy entierro pero allí andaba & ever watchful.

Strange. No. No todo lo que *tú* dijiste ni tampoco *cómo* lo describiste en tu última, but close enough.

Este fin de semana, Olivia y yo, como sabes, andábamos para arriba y para abajo pero del viernes al domingo por la noche a Roger le ajustaron unos botones y ciertos tornillos, and so, se vino a ver a Noddy. (Sooner or later todo mundo cae por aquí.) Roger vino con el sombrero en la mano.

Como chief loan officer, and thus as an officer of the bank, doy one of the three 'yea/nay' votes y por consiguiente mi presencia. My say so not needed, of course, but it looks good. Mise en scène: todo quieto y el único ruido de vez en c. era un clavado de Sammie Jo en su heated pool. En la sala todo muy formal. Un préstamo a R.T. por $67,000, por seis años, at preferred loan risk rates, y con hipoteca hasta las nalgas. (Election account, miscellaneous expense.)

Un cabrón hanger-on iba a ser el cosigner pero hasta allí el insulto a R.T. Sugerí a otra persona; yo vi mi presencia allí como un message a mí, aunque algo indirecto y me comporté como si tal cosa fuera lo más natural del mundo. (But I, too, sure as hell wasn't going to sign that note; and, anyway, it would have been against bank policy, right? As for the message, it was prob. a signal, although I'm still a bit in the blind as of right now.)

Aquello era de película; Roger debe ser de nuestra edad pero se veía más viejo. Noddy applied the make up, set the scene, and steered the direction. Como Noddy me dijo más tarde: "It's no mystery . . . it's all very simple." And so it was:

Mira, del viernes al domingo por la noche, cosa de 48 horas, R.T. recibió veinte, '20 Count 'em 20' llamadas de clientes y compañías entre grandes y pequeñas que él representa como abogado. Que estaban pensando, muy seriamente, retirar su negocio. No explication, no explanation.

Entre la última o la penúltima llamada, se le sugirió que 'he would do himself and all of us a favor if he would call Mr. Perkins.'

Aflojó las corvas y lo llamó. (Lo del préstamo is just Noddy's way of doing business, and you *were* right about R.T. caving in.)

And there you have it, but as you prob. suspect, hay más. There always is, isn't there? Here it is:

Noddy quiere que R.T. vaya a Washington. Just Like That.

You see, at first I thought it was Noddy's revenge for past deeds, or hate, even, but no, no hay odio. No hay nada.

And, will you look at this:

El diputado del distrito (a quien tú conoces bien y a su sobrina Sophie un poco más) sigue siendo Hap Bayliss. Hap (según Noddy) está muy enfermo. "The man's dying, Jehú. You're one of the few who knows how sick he is . . ."

Puede ser. Puede ser que yo sea uno de los pocos AND puede ser que Hap se esté muriendo. With Noddy you never know. Now, I do know some things I shouldn't, and I now wonder if Noddy knows I know . . . no, no, that way lies madness.

Comoquiera que sea, aquí está el evangelio according to Saint Noddy who, by the way, is taking a few days off "from all this." Cabrón, ¿eh?

R.T. va a ganar el puesto de Hap, and he'll do it as a write-in candidate. That's right. All of this will be announced in good time.

This, of course, paves the way for Ira to get the Commissioner's post; and it also gets Ira out of the way. Pero, PERO, none of this will be put en marcha until no se le dé un susto pesado y chingón a Ira Escobar. That, too, is just Noddy's way of doing business . . .

Esta noche, perhaps as I write this, se van a hacer veinte llamadas a Ira (here we go again) diciendo que van a crossover to the independent side. Es decir, que no lo van a respaldar. Ira, of course, knows nothing re R.T.'s deal with Noddy & nothing whatsoever re Hap Bayliss.

You can imagine the pedorrón knowing Ira's temperament and ASPIRATIONS . . . A todo esto, el answering service de Noddy will announce to please leave a message until Mr. Perkins can get back to the caller . . .

So, Noddy'll be gone for the next three-four days.

We're up to date on this, & no tengo más que decirte.

Pasando a otra cosa: por las noches voy botando cartas, notas, papelaje and the usual junk que he venido acumulando por años. Few things will survive this purge. Not to worry; me siento bien; it's just a bit of cleaning up that needs to be done.

Abrazos,
Jehú

14

Mi querido Rafa:

Loan and Arrangements Day with R.T. plus four. For all purposes, todavía no se sabe re el convenio Bayliss-Perkins-Terry, y el pobre de Ira anda como loco loquito extraviado. Los retratos siguen en su lugar and apparently nothing has changed. To top it, ayer Ira me contó que Becky se había ido a pasar unos días en Jonesville. A todo esto, Ira hasn't taken me into his confidence re the phone calls.

The election is now two weeks off & Ira thinks he's losing ground. He's not, but *he* thinks he is. Ira no me preguntó ni por Noddy ni por el número de su private line; Ira was in a bad way, but it promised to get worse. For your information: Noddy had flown up to William Barrett International to meet Hap B. Hap then flew back to Washington, and Noddy buzzed in late last night; he called and said he wanted to see me at the Ranch fairly early. He sounded happy, and that's always a bad sign.

Hoy por la mañana a eso de las once, it starts again: I'm at the Ranch with a pile of papers for Noddy to sign and N. calls Ira. Este, por poco, se desmaya; I mean I could *hear* the breathing! Noddy le dice que *acaba de* llegar from out of town y que tiene unos cien recados que llame a Ira. You must realize that Noddy is looking straight at me when he's talking to Ira. Para que conozcas a Noddy: "Hey, Ira, you're not thinking of dropping out of the race, are you?"

Otro soponcio de Ira y el espléndido de Noddy pregunta por Becky (knowing full well) y luego le ofrece su chofer a que vaya por Ira. Ira's in no condition pero aguarda el carro que lo ha de conducir a la cueva del león. The chauffeur must have taken the long way home 'cause Noddy and I talked business, and he signed papers, for over an hour and Ira still wasn't at the Ranch. For all I know, Noddy planned it that way; pero no me hagas caso; I don't live in Paranoiaville, just one of the suburbs.

Para cuando llegó Ira a la casa, Noddy was all smiles, but it looked bad: he was using that low voice of his.

Para darle fin a ésta, Noddy le dijo a Ira que Ira andaba diciendo que él no le debía favores a nadie y que había llegado a donde estaba por sus propios huevos, etc. And then, in that low voice, "Now that's what I call downright ungrateful, Ira."

Pobre cabrón, but *he* wanted the job, right?

Noddy lo sentó y entonces le explicó, en esa voz, ce por be cómo corría el agua en Belken; que quién se encargaba de las compuertas; que quién era el señor aguador; que quién decidía a cuáles acequias se les daba agua y a cuáles no; y cuánta agua y también cuándo; y etceterit y etceterot. Así. Noddy habla de agua pero hasta el más lerdo sabe perfectamente de *qué* se está hablando.

Aquí la mocho . . . acaba de llamar Olivia. One last thing: I don't think I'm going to last here much longer; I don't have the stomach for it.

Por pendejo que sea Ira, he's still a human being.

Abrazos,
Jehú

15

Mi querido Rafa:

It's a good thing I've got a private office at the bank, and one more thing: a little Christian charity, cousin. Escucha: si sigues riéndote, burlándote así, a carcajadas, se te va a caer al parche del ojo, y luego, ¿qué vas a hacer? Anyway, thanks for the call this morning.

Ésta no te la puedo dividir on an hour by hour's basis—que por interesante que sea—no tengo todo el tiempo del mundo, como unos que conozco, and how's that for an indirecta?

Martes: Nine days to count down.

Para empezar: Por radio y televisión se organiza un write-in campaign for Roger Terry who, as you know, is now going after Hap Bayliss's seat on Noddy's say so; Hap announced he was ill. I, too, will be less than charitable and say he got sick at William Barrett International after his meeting with N.P. One more thing for your kit bag: Hap himself is leading the write-in campaign for R.T. Y así se hacen las cosas: bien o no se hacen y a ver dónde se meten, right?

Los anuncios políticos pagados, as they say, se ven y se oyen en cada estación: en esp. y en ing. Cada estación hasta deletrea el nombre de Roger, luego lo repiten y lo vuelven a deletrear and, in order not to miss anyone, por fin sale escrito en la pantalla del televisor. (A todo esto, Ira's in like a second story man as Comm. Pl. 3, pero me parece que aún no sabe qué pasa o qué está pasando; the man's dead to the world. Tenía la victoria en la mano, luego NP vino y se la quitó and then NP came right back and handed it to him again; it's more than our boy can take. But, as you and I laughed about it this morning, it was Washington all the time and all the way. Tenemos mucho que aprender.)

Lo que te digo: he'll win big with Roger and the straw man out of the way, pero NP le chupó todo el jugo y sabor a esa naranja ombligona. And, of course, Ira no sabe nada de nada. De nada.

Roger, aunque no asoma ni la cara ni la nariz por aquí, no se pierde de contacto con Noddy; Noddy le ha dicho que no se esté a más de seis pies del teléfono, and so, allí está Roger: prisionero en su propia casa. (En Washington casi era lo mismo; como le dijo Noddy: "We're just a phone call away, Rog.")

To touch lightly on what you said: Sí, tienes razón, sé demasiado, and sí, you're so right: me tengo que cuidar y, también de acuerdo: Noddy can run me off cuando le dé la regalada gana.

One thing, though, no tengo cuentas, ni pendientes (etymologically speaking) ni nada. Un consuelo es *saber* que NP me puede correr cuando quiera y *otro* es saber que yo bien me puedo ir igual que como entré aquí hace tres años: con una mano adelante y otra atrás, but through the front door & without dragging any shit behind me.

¿Y mi Ira? Pobre cabrón—y lo digo por decir no porque lo hice cabrón ya que eso fue asunto de Becky. (Tú tenías mucha razón and, if anything, Becky era (es) más fácil de lo que tú me decías . . . you ought to consider going on the radio with la Hermana Buenaventura and tell the future . . . But, she doesn't rank among the best; lo que ofrece es la conocida furia mexicana. ¿Pero quién se queja? A one shot affair y no espero que se repita aunque you never can tell.)

Ahí está el radio otra vez: no te digo, they're flooding *all* the stations. On both sides of the River, natch.

Esta noche el último rally pa' la raza en el parque; allí, para asegurarse un poco más, hasta habrá instrucciones en los dos idiomas de cómo deletrear el nombre de Roger Terry. (Five will get you ten that the elec. judges will count *anything* that resembles R.T.'s name . . . Y como preguntó el cura, ¿Sería esa la primera vez?)

Mr. Polín Tapia, who else, is the head cheerleader tonight. And *that,* cousin, is how the systems works around here. Sometimes.

Ah, antes de que se me olvide: no habrá rinches en el Valle para las elecciones; a sign of the times dirían los optimistas; a sign from Noddy diría yo.

A otra cosa. Hoy, en el banco, se asomó Sanford Blanchard, 'el terror de las criadas.' Tan alky como su prima Blanche; since it's a family corp., Old Borrachín es uno de los directores; vota por proxy y asunto concluído. Sidney (Sammie Jo's No. 2) stayed inside the car while Sanford came to see Noddy. Se recomienda hablar por teléf. sobre esto.

Al cabrón de Sanford ya no se le para, pero en sus días correteaba a todas las criadas mexicanas, guatemaltecas y nicaragüenses que

40

se traían al Rancho; a lot of shit in that Ranch, cousin, y yo soy parte de ello—pero anda tú; ¿crees, in your heart of hearts, que nuestros amigos de la raza me ayudarían si necesitaría chamba de repente? Aside from Viola, no lo hicieron cuando pudieron and now? No; I'm not buying three pounds of shit in a two pound bag. Les debemos ceb., Rafa.

> 'Fools and knaves
> On the breakfast table . . .'

¿Te ríes, verdad? But that's it, son. La raza es medio cabrona cuando quiere, and I'm fresh out of brotherly love. Los has de ver; (¿nos has de ver?). Hay poca vergüenza en este Valle.

No me pongas mucho cuidado; son cosas mías. Si hay algo mañana, o pasado, te escribo; si no, te escribo al recibir otra tuya. Una cosa es de seguro: aquí no pasan dos días sin acción.

Abrazos,
Jehú

16

Mi querido Rafa:

¿Y qué has pasado en los últimos seis días? Nada damn thing, as they say. Los anuncios re R.T. siguen, éste no sale de su casa (we're as close as your etc.) y mi Ira is one shaken young man. (Becky es president del Women's Club, and how is that for a quemón? Recibió un silver plate con su nombre y toda la cosa: muchos honores. And yes, I saw her again—¿y qué?) Ira todavía no puede entender que la elección es un cinch; todavía cree que *algo* va a pasar. Noddy doesn't know what a good job he did on Ira . . . WHAT AM I SAYING? Of *course* he knows. He just enjoys seeing Ira hop, is all.

Las elecciones, and there must be another word for them, are two days away.

Acá entre nosotros: Llevo cinco-seis días de no ver a Oli; she's not returning my calls . . . No tenemos compromiso fijo, of course, pero yo (al menos *yo*) creía que la cosa se pondría seria—a no ser que Becky blabbed. I take that back. Still, where there's smoke, there's pedo. So . . .

The phone just rang; it was Sammie Jo; wants to talk. I'll continue this tomorrow.

J.

Here I am again.

Mañana son las elecciones (and I'll be glad when *that's* done). Bayliss (ayer maybe anteayer) anunció que está enfermísimo y dio su bendición just one more time a R.T. for those who didn't understand the first twenty times or so. Bonus: ahora hay video tapes y los anuncios se ven en muchas tiendas de Klail City; yep, we have two monitors in the bank: one in the coffee shop and one smack dab in the middle of everything. Hap endorses his young, talented, & long time friend, Roger Terry. Endlessly. And, speaking of which, R.T. me llamó por teléf. esta mañana y después vino al banco en pers.

Think on this y dame tu parecer: R.T. quiere que yo vaya a Washington a trabajar en su oficina. Movida de Noddy, I'm sure. Bribe? Could be. Anyway, I did thank R.T., but no thanks.

Así van las cosas—still no word from Oli; llamo y dejo recado but not even a scratch single.

Long day tomorrow. Que te sigas mejorando y recibe un abrazo de

Jehú

17

Mi querido Rafa:

Election Day plus two and God's in his heaven and Noddy's in *his;* regarding each other with suspicion, one would imagine.

Pues sí, it's in all the papers y no te traigo noticias que tú no sepas. Ahora solamente es asunto de pick up the pieces and the litter.

Our newest commissioner is more restrained, less exuberant, as it were—eso de 'as it were' es frasecita de Ira; le gusta y la usa venga o no al caso. Sorry, no free samples. Si no se cuida, la gente le va a poner *Asitwere,* at the very least.

Dos días como comisionado y ya dice cosas como 'early on' y 'within these walls' y 'in that context' y qué sé yo; juraría que hay un librito con toda esa cagada y que Ira se lo va a aprender de memoria—hablando de memoria, it would appear that Oli has dropped me like a hot brick, to coin a phrase. Por carta, tú. I done struck out, Coach, and it do look bad.

Esta tarde antes de cerrar, Noddy came by: me invitó a una cena at the Big House (and, bring a friend, Jehú). I guess the old sumbitch knows. Anyway, la cena será mañana por la noche. Como sabrás, I can hardly wait; no sé quién también irá pero sospecho que irán, entre otros, Ira and Becky, Roger Terry and his wife (Bedelia Boyer, de gratas memorias, según tú); lo único que dijo Noddy era que it was going to be just a few of us. Of us?

Translation: It's important to all concerned.

I'll see where I fit in; there'll be no masks tomorrow night, pero con Noddy, who's to know.

Ya te contaré. Abrazos,

Jehú

18

Mi querido Rafa:

Te acabo de llamar, and, as always, nada, and so I'll write. (Te llamé anoche, después de la *cena*, pero sin resultado. What the hell kind of a hospital are they running up there?) These may be late news, but since they're not out yet, they're as fresh and crisp and crinkly as a one dollar bill.

Here we go: *Ya habían cenado todos para cuando yo llegué.* Llegué a las ocho (the time set for dinner by Noddy) y el asunto tomó menos de tres minutos, tops.

Becky no levantó la visita (the whole time), los Terry ni chistearon (no surprise there) & Ira was studying the Utrillo on the wall. An art lover, yet.

Noddy made it short: "Jehú, I recommend that you resign as loan officer."

I didn't say a word; the shock, needless to say.

Me salí de allí con la cola fruncida; volví a casa y de pendejo me puse a pensar que qué sería el motivo, but then realized that I was doing what Noddy *wanted* and *expected* me to do: to worry about *why*. Oh, he's a bastard all right, I'll give him that.

He's also a good teacher, and I'll give him that, too. A ver qué aprendo de esto.

Going to bed, son, cansado & whether I want to admit it or not, shaky. No creí que me doliera salir del banco. ¡Qué cabrón! Lo hizo en frente de todos. That was it! He didn't do it alone . . . he *couldn't* do it alone. Te apuesto que Ira & Becky & the Terrys were as surprised (shocked?) as I was . . . That's got to be it. ¡Qué cabrón, man! I knew he was good, but I kept underrating him . . . but now I know: I also overrated him.

Day after tomorrow: To the bank, as if nothing happened. Monday's Armistice Day and it's a bank holiday; I'll try to call you and get this on the phone.

Abrazos, Jehú

19

Mi querido Rafa:

Lo quisquilloso, como decía don Víctor Peláez, era salir bien; salir disparado del banco se veía mal & I'd have a hell of a time getting another job. Anywhere around here. I did what I *had* to do.

Fui a ver a Noddy as usual y le dije que quería volver al Klail Savings and Loan. "It's out of my hands, Jehú." Le dije que no; he said yes. Le dije que yo me veía mal si él me despedía así nomás. "You brought that on yourself, Jehú." No rebatí porque de ahí nos iríamos a dimes y diretes, and I'd lose there; no question. Entonces, yo, que me agarraba de chorros de agua para detenerme, lo atajé: "Does my firing have to do with sex, Noddy?"

Se me quedó viendo por un rato larguísimo (his favorite ploy) y luego explotó:

"You Mexican son-of-a-bitch!"

But I was ready: Hace diez—quizá cinco—años le hubiera rajado la cara y la madre; esta vez no. Lo que hice fue sentarme; crucé las piernas y le dije: "You may as well hear it straight from me: Becky and I had a couple of tussles, but that was it."

"Becky? Who the hell said anything about Becky Escobar, goddamit!"

Y yo: "Then who the hell *are* you talking about? And it sure as hell better not be Ollie cause that's *my* business . . . Goddamit."

"Ollie? San Esteban? I'm talking about Sammie Jo, goddamit!"

"Sammie *Jo?* You've got ahold of some bad shit there, Noddy."

"*Bull*shit."

"Bull*shit*. Let's call her—better still—let's you and I go on out there. Goddamit."

"You . . ."

"Hold on, Noddy. You *know* I'm telling the truth . . . It's something *else,* isn't it?"

Of course, the man was absolutely right. But he was bluffing.

The old son-of-a-bitch *knew* I was going to come over to the bank. Me conoce. He knew I was coming over; I swear it. But I was ready for him. This time.

"You gonna make a speech?"

Mira qué cabrón . . . back against the wall but still full of fight. Me reí y estaba para irme cuando me detuvo: "You know it hurts like hell."

"Bullshit, Noddy."

"Okay, okay; let me start over: so you and Becky . . ."

"Sure; twice, maybe three times; I don't know."

"Don't *know?*"

"No! Who counts? Look, Noddy, I haven't done anything you wouldn't have done at my age. And: we'll get into that Mexican son-of-a-bitch thing at another time."

"And what makes you think you're still working here?"

"Well, you haven't thrown me out yet."

Con eso el muy hijo de su chingada madre se rio (& that's the *closest* he'll ever come to an apology).

So, it's settled; I'm back at the bank and not at the S. & L.

Of course, now he knows about Becky; eso sí, cuando sepa lo de Sammie Jo, then it'll really be my ass.

¿No te parece?

Abrazos,
Jehú

20

Mi querido Rafa:

Gracias por la llamada and for the congratulations. I think that congratulations when dealing with NP must wait some five to ten years. No te desprende tan fácilmente.

Anyway, a ver si Oli y yo hacemos ese viaje a William Barrett. It's on between us again, but on a different footing. Ya te avisaré de todo esto y del viaje.

Por acá todo bien: Ira desempeña su trabajo by crossing each 't' and by dotting every little old 'i'; antes lo hacía al revés, but Ira, if nothing else, is dutiful.

Noddy anda para Colorado; went to pick up Mrs. P. y a tomar unos días de vacaciones; el banco y el trabajo regular; pienso irme por mi propia cuenta en un par de meses. No sé qué haré inmediatamente y no quiero hacer planes luego luego. Just like that; no big announcement.

I guess I can't breathe here y si me voy, me voy por mi propia cuenta—this time.

Ira me ve y no sabe qué hacer de todo esto. Am I here or am I not?

Lo de Sammie Jo terminó, and I'm sure she won't go out & kill herself. Face it: I'm just one in a long string. Still, she's a good stick and, as we say, buena gente. De Becky ni hablar; she's now in the Chorale and we're both out of each other's hair. As it were.

And, I guess that when Beck and I are both sixty years old, we'll look back on this and laugh about it. ¿Tú crees?

Viola Barragán, el azote del Valle, pasó por aquí como chiflón de aire: "¿Que te casas con la hija de Merced San Esteban? Me alegro . . ." Luego prendió un cigarro y me dijo: "Necesitamos business manager, ¿sabes? El día que te quieras largar de aquí, me avisas. Me voy, me voy . . . ah, y que no se te olvide de mandarme invitación al casorio, oíste?" No idea where she heard *that*. En

Klail no falta. But there's not a bit of truth to it.

De todos modos, Oli y yo iremos a verte a William Barrett comoquiera; that's still on.

Abrazos,
Jehú

21

Mi querido Rafa:

Ein' feste Burg ist unser Klail; impregnable, too.

Cuando te digo que veo este pueblo y este condado y no lo creo es que ya es demasiado, even for me. Lo de la elección fue un circo; la gente ya no habla de otra cosa. Después de atole, of course.

Ayer, ya tarde y después del trabajo, vine a mi cuartito con el propósito de limpiar, quemar, botar. etc. los papeles que me restan así como todo el mugrero that survived the last purge.

Es curioso el proceso de acumulación. Discarding is more in my line, though.

Al canasto con todo lo que sea: fuera. Y, si te vi y te conocí, ya no me acuerdo de ti. Who wrote that?

Me pasé tres horas, bien pueden ser más, llevando bolsas de mandado amén de los cestos y cajas de cartón. Limpia total.

Ni te podré explicar por qué lo hice o cómo me puse a hacerlo; just one of those things.

Estoy hasta aquí de las elecciones, de las pláticas, y etc. y etc. No pienso salir por dos o tres noches; siempre leo, you know me, pero ahora voy a releer más y más. I think I need that. I think I need to see, to think where it is dónde voy con mi vida. There must be something else other than el camino lento y sosegado al camposanto de Nuestra Señora de la Merced. There must be.

Not to worry; no es nada grave; se trata solamente de esas cosas que pasan y ya.

Y no creas que fue tu carta o la visita; I needed that visit, and I needed to be with Oli more than just overnight.

I'll be okay. Abrazos,

Jehú

22

Mi querido Rafa:

    Israel y Aarón me cayeron aquí la semana pasada; no les dije nada pero sé muy bien que fueron cosas tuyas. Y como casi nunca contestas el teléfono, no se te puede hablar o insultar. Comoquiera que sea: gracias.

    Me dio mucho gusto en verlos pero como vinieron preocupados por mí eso por poco amarga la ocasión. But we had fun, ya sabes.

    Desde mi ventana veo pasar a medio Klail, but only cuando me da la gana. Pero ya estoy bien, and I am about ready to decide.

    Hoy es ya el tercer día que no voy al banco; tomé otros tres días off esta semana pero mañana al desk de nuevo.

    Por ahora, recibe un abrazo de tu primo,

                                   Jehú.

II

Sondas y ciertos hallazgos de P. Galindo

23
Polín Tapia

Es de la edad del esc. y se conocen desde años. De Polín se dijo, y bien puede ser que haya sido don Abdón Bermúdez, que con él conviene contarse las uñas después de saludarse de mano. Nada caritativa la frasecita de don Abdón aunque quizá tampoco muy desviada del blanco.

Tapia vive de la política y cae mal a mucha gente; por otro lado, Federico 'Chancla' Ruiz vive de lo mismo y simpatiza. Bien puede ser que esto se deba al estilo de la persona.

El esc., equidad, equidad, es todo oídos: el esc. se contenta primero y luego se conforma con tratar de extraer la verdad; la fuente le es igual.

"¿Por dónde empezar, Galindo? ¿Con las elecciones está bien? Vamos a ver . . . Allá cuando Ira Escobar decidió definitivamente correr pa' comisionado y luego consiguió el respaldo del Rancho y del banco, yo me ofrecí para lo que fuera a su candidatura. Uno tiene que espabilarse en estos casos y tú bien sabes que yo tengo cierto talento para esto; se me deben ciertos favores y de vez en cuando los mando cobrar: hoy por ti, mañana por mí. Pa' qué te cuento a ti de esto si tú ya lo sabes y quizá mejor que yo, ¿verdad?"

Al esc. no le gusta la canchola; además, el esc. es un ignorante que hasta hace muy poco se dio cuenta de que sabe menos todos los días.

"Bueeeeeeeeeeeeeeno . . . Ira decide enfrentarse contra Roger Terry—palabras mayores—y a quien yo conozco muy bien también. Bueno, la lucha es mucha, como dice el tango, pero uno aprieta, arrima el hombro, y no se raja. . . . Como sabes, Ira ganó y ganó bien; ahora, que Bayliss se haya enfermado y que Roger haya ganado la otra elección a base de write in, eso no es culpa mía. Si uno hubiera sabido o si uno pudiera predecir el futuro ¡ja! el Ira sale Congressman en vez de comisionado. Por esta cruz. Pero comisionado es comisionado y Belken no es cualquier condado muerto de hambre, como el condado de Dellis, digamos. Además, por alguna parte se debe empezar la carrera política, ¿eh?

"Los muchachos y las muchachas del banco todos tiraron parejo y trabajaron como esclavos. El que no dio golpe fue Jehú Malacara. Como lo oyes. No le pedí que trabajara pero viendo como todos hacían el esfuerzo, ¿tú crees que tomó las indirectas? Ni por pienso. Y no creas que se hiciera el desentendido: una vez me vio en el banco y me dijo que me dejara de andar *jodiendo*. ¡Ja! P's no que fue a la universidad de Texas—¿así los educan por allá?"

El esc. no tiene la menor idea de cómo se educa por allá.

"¡Bah! A Jehú *yo* lo conozco desde que la hacía de barrendero en que los Chagos. ¿Apoco ya se le olvidó? ¡Bah! Mira, yo no le digo a él cómo haga su trabajo en el banco. ¿Pa' qué se mete conmigo?

"Ira es de lo mejor; sabe reírse y me trata con consideración y a veces hasta me deja manejar su carro. ¡Ja! Y Jehú ni carro tiene— porque lo que es ese MG verde, ese no es de él, es de la farmacéutica.

"Jehú, en mi opinión, está acostumbrado a que todo le caiga bien puesto. A la medida. Ya quisiera saber lo que es el trabajo . . .

"Esto no es crítica, Galindo. En la política uno se acostumbra a valorizar, evaluar, ¿eh? Eso no indica rencor. Tú, como periodista y escritor, sabes de eso."

Se le insiste al lector que el esc. es un ignorante, que no sabe nada.

"Jehú trabaja en el banco, tiene un puesto de más o menos responsabilidad, lleva más tiempo allí que Ira Escobar, pero Ira, por su persona, y según él me lo contó, ganaba más que Jehú. Al entrar al banco ves a Ira inmediatamente; a Jehú no; a Jehú me lo tenían en una oficina chiquita cerca de la grande de Norberto Perkins.

"Ira es buena gente; él ni se *arrima* al *Aquí me quedo* y menos al *Blue*. Jehú, sí. Mira: tú, como periodista, puedes ir a donde te dé la gana; pero ¿Jehú? Jehú era oficial de un *banco*, h'mbre. Se desprestigiaba y ni le importaba.

"Y esa risa de él a mí no me engaña; esa es risa de burla. Como lo oyes. Ni que fuera rey, tú. . . .

"Mi papá y mi tío nunca, pero nunca, ¿me oyes?, nunca lo ocuparon en la tienda porque Jehú no era consecuente ni serio; allí hay que estar limpiando los muebles y las lavadoras y todo lo demás. 'Una mueblería vive de su brillo,' decía mi Papá. No; Jehú no hubiera dado la medida en ese tipo de trabajo.

"Acá, entre nosotros, te diré algo en confianza: Ira, aunque sea gordito, es Don Pantalones; yo conozco a Jehú y bien le fue que no le puso los ojos a Becky Escobar. Bien le fue. Es que no conoce a Ira Escobar. ¡Ira lo hubiera capado! ¿Tú crees que no?"

El esc. no cree en nada.

"Hablando en plata nacional, yo no sé si lo corrieron del banco o qué. Pero esto sí te diré: uno no deja una chamba así nomás porque sí. De repente. Tú dirás."

El esc. que ya no es ningún niño, se ha quedado de una pieza. Será de más decir que Polín Tapia le cobra cierto encono a Jehú. Ahora bien, Polín también habla con plena sinceridad y con cierta soltura. De que se exprese a sus anchas revela, quizá, la confianza que le tiene al esc.

De eso se trata, de apuntar todo para que el lector llegue a sus propias conclusiones sin que el esc. lo lleve apersogado.

24

Ira Escobar

Co-trabajador en el Klail City First National con Jehú;
comisionado invicto por el precinto núm. 3 y esposo y marido (para
cementar) de Rebecca Escobar née Caldwell. Ira se mostró reacio
de primero pero no tardó en dar su parecer en el caso.

"Sí; lo conozco bien; I've, ah, I've helped him out a couple of
times, or I did . . . he was the loan officer, but he, ah, he needed help
once in a while. And, what are friends for, as *I* always say.

"I can't say he was much interested in politics though he read
quite a bit; at least I always had the impression he read quite a bit.
Know what I mean?

"We never, well, seldom at any rate, we ah, seldom saw each
other socially except for bank parties or political barbecues . . . He
just never did take the barbecues seriously; he ah, he thought they
were one big joke, you know. I really don't understand why Noddy,
(El esc. notó que el declarante dobló la cara primero a la derecha y
luego a la izquierda) Mr. Perkins, Noddy . . . no sé por qué lo ocupó. I
mean, he, Jehú, had a certain flair for this type of work, but ah . . .

El esc. se quedó esperando pero la oración del declarante terminó
en un suspiro.

"We got along well, though. At first, my wife cared for him,
but after a couple of times or so, she hardly mentioned him at all,
and she hasn't talked to Jehú for the last eight months or so.
Anyway, Becky my wife is, ah, usually pretty busy with her work
at the Chorale, and she works late once or twice a week. And, I was
busy on my own campaign . . . which turned out well, you know. So,
the two of us, Becky and I, didn't exactly snub Jehú; we just simply
didn't see much of him."

El esc. ruega que se le perdone otra interrupción pero la cree necesaria y casi de urgencia: no se debe pensar mal de la Becky ya que bien pudo estar trabajando asiduamente en el Women's Club o en el Chorale, como dice I.E.

"As loan officer, Jehú saw more of Mr. Per . . . of, ah, Noddy, than I did; my desk handles the small loans and some automobile notes, as well. I guess you know that I'd only been on the job a week or so when I was asked to consider running for Commissioner for Place Three. You *must* have seen my pictures, right? I mean, they were fairly well plastered all over the place from Jonesville to Edgerton (risita) and from Relámpago on over to Ruffing (otra risita). I like politics; it's a man's responsibility, and it's also a way to do public service, don't you agree?"

El esc. tiene pocas opiniones que favorezcan a la política y ni una de sobra para los políticos. Es una de las muchas faltas del esc.

"When Noddy, ah, (otro movimiento leve de la cabeza) informed me that Jehú was leaving, he, Mr. Per . . . Noddy, ah, didn't *exactly* offer me the senior loan officer's post, but he, Noddy, ah, did say that with my added duties at the county level, that I, ah, would be far too busy with that end of it to be *chained* to the loan officer's desk.

"I think I could handle both, but it could be that the Old Man (sonrisa de conejo en plegaria), I mean, that *Noddy,* you see, is right . . . Still, I mean, if Jehú did it, I could too, *right?*

"I'm not putting him down or anything, but I could handle it . . . I'm sure, I could.

"As for Jehú again, well, he, ah . . . he had a certain difficulty of expression . . . an impediment. You know what I mean? His, ah, his English was a bit weak now and then, and that would've held him back had he stayed on here . . .

"Look, I wouldn't mind talking to you some more on this, but I do have a luncheon date over at the, ah, the Camelot . . . right?

El esc. está de acuerdo con el lector: Ira ni mencionó la cena en casa de Noddy tiempo atrás. El esc. piensa que no ha de probar esta fuente por segunda vez.

25

Martín San Esteban

Farmacéutico, estudió en Austin con Rafa y Jehú, hermano no mucho mayor que Olivia, se casó con una de las muchachas del matrimonio Pedro Ycaza, de los de Ruffing. Martín nació en Klail y se crió en Edgerton. Volvió a Klail como farmacéutico en compañía de su hermana. Como es natural dado a su edad y formación, Martín discurre mucho mejor en inglés.

"We go a long way back, Jehú and I . . . before Austin, the Army even, and Jehú's always been like that. I don't think he dated Ollie that much up at Austin . . . He and Rafa lived in that crazy place off Guadalupe and 26th the last two years; it was an awful place. I roomed with my cousin at Mrs. Bloomquist's . . . Do you know my cousin Juan? Santoscoy? Well, the four of us used to run around at the University some; but neither Jehú nor Rafa were much for dances.

"I'll tell you, one time Rafa and Jehú and a guy from Mexico—he was from some town in Coahuila—anyway, they made beer, you know, home brew? They made it *right* in the room. God, they must've made close to ten cases of the stuff. It was dark; strong, too.

"Austin wasn't that big, then, you know. You could usually run into Jehú over on the West Mall . . . and his first year there, he lived in that house over by Scottish Rite Dorm; *that* was a madhouse. I think those guys were all communists or socialists. Jesus! Jehú *loved* it; Rafa usually just sat there, drinking his beer, talking now and then. Those guys were mostly from South America or Mexicans from across. You know what we called 'em? Filipinos . . . I don't know why. I don't even know who *started* that.

"But Jehú was an English major; I'm not even sure he wanted to teach at the time. I'll tell you, I had no idea *what* he was going to do with that *degree* . . . Juan and I were both in pharmacy, and we *knew* we had a job; and then Mom and Dad helped Ollie and me here in Klail . . .

"Ollie . . . Ollie's been talking to Jehú and now she's got it into her head about going up to Galveston. I mean, she wants to *apply* to *med* school. Shoot, we've got business enough *here* already . . . and for two *more* pharmacists if we wanted to . . .

"Jehú's like that, though. I mean, no sooner did he get in at Klail High than he started thinking about something *else*. He's lucky, though, I'll say that. He usually manages to land pretty good jobs; he just doesn't stick to 'em; look at the bank, for example. Man, *allí lo apreciaban,* you know. And Ira's not a bad guy to work for even though he's an Aggie (risa de Martín) but that's a joke . . .

"Now Ollie says Jehú wants to get a Master's degree . . . What do you *do* with a Master's in English? I mean, he's already taught at the high school, and he could probably go back, but to go back to *that?* Shoot! The job at the bank *pays* better . . . I just hope he didn't do anything there to screw it up. No, no, I'm not saying he did; I'm just saying that it wouldn't *look* good for the mexicanos if he did, see? But Jehú's *honest.* He's *crazy,* but he's honest.

"I have no idea what he and *Ollie* talk about. He was *hell* in Austin, though. But I'll tell you, con Olivia se friega; she's a mexicana . . .

"Have you heard from Rafa? He and I were kind of tight up at Austin for awhile; he's just too *goddam* quiet at times, man. ¡Jijo! He's steady, though. Boy, he and Jehú made quite a pair . . . have you ever heard Jehú sing? No, I'm serious. He knows some *funny* songs. In *Spanish* . . . *He* could make Rafa laugh . . . out loud, too.

"Do you know Rafa's . . . of course you do, what am I saying . . . I was going to ask if you knew Rafa's sister-in-law, Delfina . . . Well, Delfina was here the other day, and she said that Jehú had given her her grandmother's or her great grandmother's—I'm not sure which—anyway, it was a bible. An *old* one. Rafa had given it to Jehú, and Jehú about a week or two before he left last Fall, well, he gave it to Delfina. It's a nice old book; probably worth some money, too.

"By the way, I heard that Delfina and Angela Vielma were thinking about moving into that nice house just off Palm View; what they call *contraesquina*—you know, kitty corner? and, ah, just off Hidalgo Boulevard; by the old school? It's a big house. And nice.

El esc. no conocía a este muchacho; sabía de él como uno se da cuenta de muchas cosas en esta vida: al azar. No se puede colegir mucho sobre lo que se piensa o lo que se dice entre los amigos de

Jehú aunque el esc. sí nota cierta curiosidad, quizá un leve resentimiento al que vive su vida libremente. Con todo eso, no se llega a la crítica fuerte ni, menos, despiadada. Es más bien un asesoramiento tibio por parte del joven San Esteban, que, en su favor, tampoco ve enteramente mal las relaciones entre su hermana y Jehú. Es que, sencillamente, no las entiende.

26
Viola Barragán

¿Qué se puede decir de este fierro sin moho? Sostenedora del *status quo ante,* del *American free enterprise system,* fiel seguidora de *laissez faire entre nous,* amiga de sus amigos, leal y luchadora, independiente, desacobardada y firme repositorio de todo lo bueno y lo malo del Valle. El esc. (obvia y descaradamente) admira a este ejemplar *sui generis.*

"Hombre, Galindo, tan caro que se te cotiza; ya ni se te ve . . .

"Ya sé, ya sé. Andas en lo de Jehú . . . alguien me lo contó.

"Bueno, pa' comenzar te diré que aquí tiene chamba y puesto cuando le dé la gana; es trabajador, listo y, sobre todo lo demás, derechito. Es más, le tengo harta confianza y ya van varias veces que le he ofrecido que se encargue de todos mis negocios. Como tú sabes, toca madera, los negocios me han salido bien, muy bien . . .

"¿Pa' qué ir más allá. Tú me conoces y yo no soy amiga del chisme y ahora a los cincuenta y pico tampoco se vale la chapuza. Mira, no hace mucho que hablé con Nori Perkins y aunque yo no le creo todo, algo se le salió que quizá sea verdad; el cabrón tiene la verdad muy enterrada y son pocas las veces que se le sale. Lo que te cuento apenas es de una semana: dice que Jehú, en un tiempo, allá por las elecciones, se echó a la Bequita Escobar. ¿Qué tal? Yo no abrí la boca y si Nori esperaba que yo desparramara ese globo, pues se fregó; no soy su mandadera.

"Y no es que Nori sea fijón . . . lo que no me gusta, y me lo dijo en español, el muy cabrón, es que también dijo que Jehú corría peligro. Ese tipo de amenaza solapada es propia de cabrones y aprovechados. Punto.

"Bueno, que Nori crea lo que quiera. Lo que *yo* quería saber era que por qué ya mero despedía a Jehú en un tiempo atrás. Esto yo lo supe por Jehú. Cosa nuestra.

"Acá, entre tú y yo, te apuesto—y sin pruebas ni ventaja,

¿eh?—te apuesto que Jehú, flaco cabrón, se echó a la Sammie Jo *también*. Aynomás. Y creo que voy bien cuando digo que de ahí que se enojara la Livita San Esteban. ¡Ja! Estas muchachas que no saben nada de nada; creen que porque ellas no aflojan, que las demás no debiéramos tampoco. ¿Me oíste? ¡Debiéramos, tú!

"P's sí, h'mbre; si Jehú no está en el Carmen con Israel, entonces está con Rafa, allá en William Barrett; lo que te digo se fue a pasar el año nuevo con su primo y allí se quedó. Tú los conoces mejor que yo y si a Israel le sacas algo, cosa que dudo, ¿qué puedes esperar del Quieto chiquito?

"Ahora, si Jehú quiere trabajar, aquí estoy yo: y bien que se le pagará y no como mi Gillette que era de lo más agarrado y cabrón. Una no anda con chingaderas: se trabaja bien y se paga igual . . .

"Yo, y no es por nada ni por mucho, pero, yo, hasta la fecha, no he visto la mano de Javier Leguizamón en este asunto. Pero quién sabe. ¡Ja! y que si supiera que Jehú le bajó las pantaletas a la Beca . . . me gustaría que supiera nomás pa' verle la cara a ese viejo cabrón . . . como si él no hubiera hecho las suyas allá cuando todavía se le paraba . . .

"Mira, Galindo, tú sabes, o debes saber, que Javier le consiguió el puesto a ese cabrón-vale-pa-nada de Ira allí en el banco; Nori mismo me lo dijo. Pero es como yo le dije a Nori: 'Mira, Nori, en eso de la política, yo, igual que tú, le paso dinero a cualquier cabrón y me importa a qué partido se agarre.

"Ese Ira . . . mira: la Bequita Caldwell se casó con Ira por dinero y por la familia y porque su madre, Elvira Navarrete, quería liarse con los Leguizamón, o con el nombre de los Leguizamón. ¡Je! Y luego hablan de una . . . Fíjate . . .

"No es mala la Bequi; le gusta el pedo aunque lo disimule con eso de los clubes pero salió a la madre que allá—cuando éramos resistentes y de buen ver—era una chinga quedito. Que se haya casado con Catarino Caldwell es más que prueba; pero que de conocer a Elvira bien a bien, ¡vaya si la conozco!

"¿Y la Sammie Jo? Salió media güila y le gusta y pa' acabarla, le gusta la raza. Bien haya la güera. Se casó dos veces: el primero salió borrachín y el segundo algo borrachín y bastante joto. Así, como lo oyes.

"Esto último se lo saqué a Jehú. ¿Cómo que no sabías?

"Así fue la cosa: Jehú, yendo al cuarto de la Sammie Jo allá en el Rancho mismo, se encontró un broche cerca de la alberca. Jehú ni sabía de quién era. Así pasó. Jehú se encontró el *locket* ese y se lo mostró a Sammie Jo; ésta lo abrió—ella se lo había regalado a

Sidney, ¿ves? P's lo abrió y allí estaban los retratitos recortados:
uno del Sidney y el otro de Hap Bayliss. ¿Qué tal?

"¿Sabes lo que hizo la Sammie Jo? Jehú me dijo que la Sammie
Jo encogió los hombros y que luego ella y Jehú se fueron al cuarto
como si nada. Chúpate esa. A ver, eso fue allá cuando Nori andaba
en Colorado por lo de la esposa o en William Barrett; no estoy . . . Ya
sé; sí, fue cuando las elecciones o ayporay.

"Te diré que Jehú me lo contó pero no como chisme. Yo creo que
aquí fue cuando se puso a pensar si mejor no sería venirse a
trabajar conmigo . . . ya sabes, si se le sale a la Sammie Jo cuando
ande en la tomada o no falta qué. Bueno, para este tiempo—aunque
yo no sepa del todo—Jehú y la Livia ya andaban en serio o andaban
quebrando. No sé.

"Lo de los bolillos a mí ni me interesa, Galindo. He visto
mucho mundo para que me tomen sin confesar. Lo que yo no quería,
ni quiero todavía, es que me pescaran a Jehú en su maquinaria.
Cada quien necesita su padrino, bueno, en mi caso, madrina, y yo
me he propuesto a que no jodan a Jehú. Y si no quiere trabajar aquí
en Klail o en este condado, bien puede irse a Dellis County que,
gracias a Dios, también tengo mis negocios allá . . .

"Y eso es todo, Galindo. ¿Qué? ¿Nos echamos un trago? Pero
nomás eso, ¿eh?

El esc., antes que nada, quiere avisar que ese último *eh?* de
Viola Barragán fue seguido por una carcajada sana y prolongada.
Se asegura que lo único que se tomó enquese Viola fueron sendos
vasos de té; el esc. también confiesa que lo único que se gastó en
compañía de esa mujer sin par fue el tiempo.

Dificultad: Viola Barragán no miente, no inventa, casi no
exagera y cuenta todo lo que sabe; aún así, se complica más el caso
porque Viola misma, con todo eso en su favor, no *sabe* si sabe todo o
no. Sin embargo, hay que tomar todo abiertamente y no *cum granis
salis.*

Se ve, a veinte pasos o más, que Viola sigue siendo la firmeza
personificada en su afecto y lealtad a Jehú Malacara. Tiene suerte
el muchacho, pero él también se ha comportado de lo mejor con
Viola.

27

Bowly Ponder

Policía general y de tránsito; flaco y mediano, nariz tirando a chato, de cara colorada y con el pelo del mismo color. Descendiente de los *poor whites* que, en la escala social de los Anglos, queda en el último escalafón. El penúltimo escalafón es propiedad de los *fruit tramps*. Nosotros no contamos.

Ponder nació en unas de las pocas tierras que rodean Klail y que no sean del Rancho; su hermano menor, Dempsey, que trabaja en las propiedades de los Klail-Blanchard-Cooke, aún vive en la misma casita donde nacieron todos los nueve de la prole Ponder; hay por consiguiente, un sinnúmero de parientes, primos, etc. que pululan en todo el Valle.

"Sure old Bowly T.G. ran her in; old Missy Stuck Up there was speeding, and I just up and gave her a ticket for it. I wadn't about to take any crap from her. Anyway, I was just doing my job, is all.

"Know what? She told Judge Fikes I was dis res pect ful. Little piss ant shit. I told *him* I expected the violator had been drinking some. Believe me, Galindo, I could've made that *stick* if I *wanted* to.

"Know what else she said when I gave her the goddam ticket? She said I ought to go around checking on Mexican cars for state inspection tags if that was all I had to do with my *time.*

"Piece of shit telling *me* how to do my *job;* well, I *fixed* her ass . . . I walked on over to my car, turned on the flashing lights, turned on the goddam car radio—loud!—and *then* I went back and asked her to get the hell out of *her* car, to empty her purse, her wallet, too, and *then,* to open up the goddam glove compartment—*from the outside;* made her walk around the car, too. Half-a-goddam Klail must have seen her; saw old John, you know, from the paint store? I waved at him, and then I *pointed* at her.

"I don't give two hoots in *anybody's* hell; County Commissioner, *shit. He* speeds in Klail, *he* gets a ticket.

"And you know *what?* People round here are saying that Noddy sicced me on her; shoot! I don't mess with *his* bank, and *he* don't mess with *me*. Demps works for him all right, but that's his and Demps' business—ain't none of mine.

"And, to top it off, I had to take half a day off my vacation to go see Judge Fikes, too; and that's a fact, and she paid them twenty-two fifty right then and there. No two ways.

"Yeh, she was put out, all right. You know *what?* Betcha she don't speed in my sector again. And that's a *fact.*"

Palabras fuertes y no se dude que Bowly le apretó ciertas tuercas a Bedelia (Boyer) Terry. Tampoco se dude que Bowly entró pisando fuerte en la corte de Knowlton Fikes. Con todo eso, el esc. cree que Bowly protesta demasiado.

En contra de Bowly, y con pruebas sobrantes estos últimos quince años, está su puesto como policía que se debe a Noddy Perkins, para comenzar, y, para seguir: el trabajo que tiene su hermano Dempsey en el Rancho; así como todas las chambas que tienen con el condado y con la ciudad los sobrinos, los cuñados, los parientes, etc. de los Ponder y de los Bewley, y los Watfell, entre otros.

Que Bedelia Boyer Terry maneje como una loca por esas calles de Klail no es ninguna novedad. Que ahora, por vez primera, se le detenga y se le abuse (relativamente) por un Bowly Ponder, es pasarse de coincidencia.

Aquí pues, el gato no está completamente encerrado. El esc. mete baza porque no puede estarse con los brazos cruzados conociendo, como conoce, buena parte de los hechos y de los actores.

28

Olivia San Esteban

Altita aunque no tanto como Jehú ni menos como Rafa Buenrostro. De ojos cafés, cabellera también café y crespadita, la informante San Esteban es a la vez seria y risueña; no es dejada ni atrevida y lleva sus veintinueve años sin casarse; también debe decirse que no se ve en peligro de que se quede a vestir santos. Asegura, aunque no se sabe hasta qué punto, que puede hablar de Jehú evitando lo personal entre los dos. (El esc. no entiende eso; no comprende cómo se podrá evitar lo personal.)

"Sabía de Jehú tiempo atrás, pero no lo conocí hasta que nos vimos en Austin. El y Rafa salían con mi hermano Martín y con el primo Juan Santoscoy.

"Yo sé que Jehú fue protegido por los Buenrostro del Carmen antes y también después del ejército; son algo parientes, como usted sabe."

Aquí la informante se va en inglés: "Jehú and I never did go into that very much, and it doesn't matter to me. He's headstrong about some things but so am I, and yet, he and I agree on many things. One thing, *he* doesn't take any guff from Martín; he usually tells my brother where to head off.

"He's like that . . .

"Jehú and I *do* disagree on some things, but those are *personal*; and, speaking of personal things, just this once, Jehú is *very* much interested in my going on to med school . . .

"I'm, ah, I'm just not *sure* he's quite ready to settle down . . .

"Look, I'm really behind on some prescriptions and stuff here at the moment. Could you come back later on? This afternoon?"

Esa tarde: "Buenas tardes y gracias y también perdone que haya tenido que disculparme esta mañana pero el trabajo estaba agobiante—y así es de diario pero más por las mañanas.

"Martín trabaja de noche este mes y si se espera quizá él también tenga algo que decir del paradero de Jehú; de mi parte le diré que no es ningún misterio: ya que no está en el Carmen, como usted dice, entonces andará en William Barrett o en Austin.

"¿Le sorprendió a Ud. esta mañana que hablara en inglés así, de repente? Eso sucede aquí, en el trabajo . . .

"A ver, ¿qué más le puedo decir de Jehú Malacara . . . y curioso el apellido, ¿verdad? Porque . . . Jehú es bien parecido . . .

"Una vez me dijo que cuando era chico y luego cuando mayorcito también que trabajó con unos aleluyas. Mi hizo reír ese hombre . . . No tiene alma. Pero tampoco tiene miedo: detrás de esa sonrisa juguetona es más bien serio y . . . y muy hombre.

"Lo que tiene es que . . . mire, Galindo, le voy a decir claramente: a mí no me gusta andar con medias tazas. No tengo pruebas, pero yo creo que en un tiempo, y no muy atrás, que . . . que Rebecca Escobar quiso tener relaciones con Jehú. Después, alguien, y no falta quién, me dijo algo de que Sammie Jo y Jehú. Yo—y yo no soy ninguna niña—y una no es como se crió sino como se es y *yo soy así*: Jehú y yo no somos novios pero a mí me disgusta . . . compartirlo y menos con esas dos; y no me importa que estén casadas; eso es lo de menos.

"Jehú ya es mayorcito pero también le diré lo siguiente, ya que estamos en eso: el día que Jehú dejó el banco, él vino *aquí;* él vino a verme a *mí;* a despedirse. De mí, y en persona. Lo único que puedo decirle es que del banco *no* lo corrieron. Una cosa más, la señora Barragán, y ella y yo no nos llevamos, ni bien ni mal, no nos llevamos y ya . . . ella, pues, le ha ofrecido trabajo a Jehú . . . cuando lo quiera. Ella mismo me lo dijo.

"De lo mío, de mi vida personal, yo quiero estudiar medicina, y Jehú, siendo como es, me ayudaría. No en dinero que eso no falta; pero Jehú sería un sostén. Cuando vuelva de donde ande, volverá por mí. Y si no para casarnos, no importa; él y yo nos entendemos. Ya; ya; sé que me creen engreída o ensimismada pero solamente *yo* sé *cómo* soy y Jehú me entiende. Es el único que me ha entendido."

La informante no alzó la voz ni una sola vez; es más, se notó una que otra sonrisa (parecida a la de Jehú) y también se hace constar que Olivia San Esteban tiene un sentido de humor así también como una idea propia de cómo es y de cómo se ve ella misma.

El esc. no cree que debe hacer comentarios hacia la actitud

demostrada vis à vis Rebecca Escobar y Sammie Jo ya que no hay duda que la informante se explica perfecta y claramente. Lo suyo son sospechas, según lo que colige el esc.

Opinión: Si alguien sabe del paradero de Jehú, O.S.E. debe saber más de lo que dice; también hay que decir que la que también sepa más (quizá sepa todo) parece ser Viola Barragán.

El esc. tiene que hablar nuevamente con la recién viuda de Gillette, nuestra amiga Viola Barragán.

29

Viola Barragán

Lo dicho anteriormente; ver #26.

"Dichosos los ojos, Galindo; te ves algo repuesto. Tú sigue cuidándote, ya sabes que se te aprecia.

"¿Y cómo va lo tuyo? ¿En las mismas? Quisiera hablar más pero ando atareada con tanto trabajo; como te digo, si tuviera un business manager como Jehú, no anduviera como ando. Mira estos paquetes, a ver, ábreme la puerta, por favor. Eso; gracias. Llámame cuando oigas algo. Perdona, pero ando de prisa."

Suposición: Pero, ¿será posible que nuestra Viola trate de evitar trabar conversación cerrada con el esc.?

Una respuesta: No necesariamente; bien puede ser que los negocios múltiples de esta mujer versátil se agolpen tanto que le corten tiempo y terreno.

Otra: Es enteramente posible que esconda algo bajo su amplio escote.

Opinión: Mucha gente (la raza) no ve bien a Viola y por consiguiente está lista a creer que cualquier cosa que ella diga no sea verdad. Frase algo barroca que también refleja el pensamiento de gente conocida.

El esc. adopta su actitud de siempre para con Viola: V.B. dice la verdad hasta que se pruebe lo contrario. Siendo así, el esc. ha pedido cita con Arnold Perkins. Esto, quizá, ha de tomar cierto tiempo.

30
Rebecca Escobar

Algo morenita, tampoco mucho, el esc. le atina que tiene unos veintiocho años de edad; representa menos a pesar de tener ya dos nenes curiosines. Las relaciones con su suegra, doña Vidala Leguizamón-L. née de la Viña son de lo más tenue, vamos, se quiere decir que no se llevan bien. Esto se sabe gracias a los buenos oficios de una amiga del esc. que vive en Jonesville. El esc. lo siente pero rehusa dar el nombre de esta amiga.

El español de Becky es algo mocho y ella prefiere el inglés; el esc., de lo más ecuánime, señala que (en pos de la verdad) no tiene reparo alguno y que los informantes pueden, deben explayarse en el idioma que más les convenga.

"I really don't know Jehú that *well*, you know; isn't he related to Rafe Buenrostro . . . do you know *him?* Rafe, I mean?

"Well, Ira and I first met Jehú when we first came to work at the bank, you know; I mean, when Ira became *associated* with the bank. You understand that Jehú was not Ira's supervisor or anything; I mean, he wasn't even a business major like Ira who attended A&M and finished up at St. Mary's. You know what I mean, don't you?

"Anyway, I saw Jehú at some of the bank parties and picnics; stuff like that, but not much more. *And,* he's not at *all* interested in politics . . . Ira told me so. But I *like* him; I find him *nice,* and he's *friendly* . . . okay?

"Well, anyway . . . I'm usually pretty busy on my Women's Club work, and now, more recently, this winter in fact, with the Music Chorale . . . and what with taking the kids to dance lessons, and what all, I really don't have much time for . . . for other social occasions, don't you know. But we, Ira and I, did meet Jehú socially, early on anyway; I think, or maybe I've heard that he's engaged to Ollie Sans Teban; do you know her? She's a pharmacist here . . .

"And you *know* about what happened at Noddy's that night . . . Well, as I remember it, it was just a little after eight o'clock, and we had just finished dessert after an early sit down dinner when Jehú came in; he *saw* we were through, and he had a surprised look on his face; not for long, of course, but you could *see* that he was surprised. I mean, like he wasn't expecting *us*—the Terry's were there, too—like he wasn't expecting *us* to be there. It was strange . . . I think Sammie Jo laughed; she'd been drinking . . .

"But that was it; Jehú came into the dining room, and he was about to pull up a chair when . . . when Mr. Perkins . . . and no one had said a word up to then . . . Anyway, Mr. Perkins said, or asked, demanded, I guess, that, that, ah, that Jehú resign from the bank; there and then. Ira and I were *so* embarrassed, you know, after all we're *all* mexicanos, right?

"Jehú looked at Mr. Perkins and nodded but not in agreement, it didn't seem. He looked straight at Noddy; that's all he did, and then he . . . he just *walked* out; I don't think he said good night or anything.

"Well, one hears so many things . . . Anyway, later, on the way home, Ira said *he* thought it might have been money, you know. But that's all Ira said . . . He's very discreet, you know.

"And *then, another* surprise! Jehú was back at the *bank!* Just like that—hahahaha—just like Jehú says: Just Like That . . . I mean, was it a joke on Noddy's part? Was he angry with Jehú because Jehú was late for dinner? The empty chair was there all along, you know. Ira called me first thing in the morning to tell me that Jehú was there . . . I was glad for Jehú; I mean, it was a bank holiday, but everyone was working inside . . . I mean, it was such a good job for him . . .

"Ira said that Jehú came in and went straight into Noddy's office like any other Monday morning. About half an hour later, he was back at his own office and at work as usual. Ira says he—Jehú—worked through the noon hour just like . . . ah . . . like usual . . . and that *that* was it.

"Nothing to it, and the bank clerks couldn't have known a *thing. And,* Ibby Cooke, you know, the V.P., well, he and Jehú had their Monday afternoon meeting just like always.

"I mean: nothing had *changed.* At *all.*

"Later in the day, Jehú, on his way out, stopped by Ira's desk and said, 'Well, Mr. Commissioner, did you enjoy your dinner Saturday night?' It was probably Jehú's and Noddy's idea of a big joke. I don't mind telling you that *that* Saturday night was ruined for Ira and me . . . Ira and I.

"But I still *like* Jehú. I think he's nice, and the few times I've talked with him, he's been very pleasant. Anyway, that's all I know except for the fact that he was also offered a job a couple of months later by the Barragán woman. Do you know *her?*

"I don't know *what* to think, but do you think that there's a connection between the Saturday night thing and Jehú being offered a job by Viola Barragán?

Lo susodicho, pues, es lo que dijo la señora Escobar y el esc. lo acepta. El esc. escuchó con mucho cuidado a la señora Escobar y le dio cierta tristeza pensar que esta muchacha ni sospecha (en lo más fondo de su corazón) qué cosas son esas que nosotros llamamos *tristeza, alegría, sentimiento,* etc.

31

Sammie Jo Perkins

Hija única del matrimonio Perkins-Cooke, esbeltita, pelo crespo y oscuro; tiene unos treinta años de edad que bien se notan. Propiamente divorciada de Bradshaw, Theodore P., y, actualmente, esp. de Sidney Boynton, habla bastante español aunque aquí se demuestre muy poco; no tiene pelos en la lengua, por decirlo así.

"Galindo, *I* don't know, and I've known Jehú for a long time—*I* don't know if Jehú even *likes* people. I mean, I believe that Jehú doesn't judge people by how much he *likes* 'em or not.

"He doesn't care for Dad at all, you know, but he respects the way Dad operates now and then. But *that's* about it. Jehú has no use for Ira, and that's no secret. But it isn't fear about the bank job; I mean, Jehú could care less about that end of it.

"Tell you *what*, Galindo: I bet you he got to Becky Escobar. Wanna bet?

"As for now . . . I know where he's *at*. And if the Mexicans across town are worried: shit on 'em. And, if they're so goddam worried he stole *money,* then they're wrong, and they're *full* of it.

"He's up in Austin; he wants to go to grad. school. That's all, and that's all he's ever wanted to do. *I* know he's there, *Dad* knows he's there, and I bet that *Olivia* knows he's there. And, as for Ollie, *she* wants things her way. And that's fine, and Jehú is willing to let her have her way. Thing is, Jehú wants her to have her way without *him*. That's all. Have you talked to her yet? If she had *any* sense, she'd either leave him and forget him or she'd *marry* him. If Jehú would have her . . . ha!

"I *like* him, Galindo, though Jehú can be a real shit sometimes. Oh, I can, too, but we're *good* together and *that's* what counts with me.

"But they're wasting their time. *Gente pendeja,* they won't believe what you tell them, but they're ready to believe the worst about him. Call Rafe. That is, call Rafe if you can ever *get* him to answer the phone; he's hell, you know . . .

"Boy, now there's a couple of *primos* for you . . . Well, time's up, Galindo; it's time for my dip. Bye, now."

Y así, la única heredera de Arnold y Blanche Perkins se despidió del esc.

La Sammie Joe tiene razón: la raza es suspicaz; quizá demasiado suspicaz. El esc., de su parte, piensa que la raza tiene razón de serlo por aquello de tantas veces que se lleva el cántaro al agua.

El lector no puede dejar de notar que Jehú no es ni santo ni diablo. Ahora, que la verdad salga de la boca de Sammie Jo es la más grande de las ironías. El esc. piensa que Sammie Jo sabe que Rafa no contesta teléfonos así, casualmente, por medio de Jehú. No ve ninguna otra conexión.

32

Arnold Perkins

El famoso 'Noddy' y, entre la raza, 'Norberto.' El esc. describe a Noddy usando las palabras de Noddy en su autoidentificación: *A self-made man*. En las cartas de Jehú a Rafa Buenrostro se ven los datos biográficos de Noddy; el esc. no ha de repetir lo dicho. Cabe decir que Noddy, entre la raza, tiene sus campeones y sus detractores. Lo normal.

"Sure, Jehú and I have had our differences now and then, but that was to be expected; I'm not an easy man to get along with (risa ligera y de diente pelón). But it wasn't anything that couldn't be ironed out, it was business . . . nothing more . . . You'd be surprised how well he took to banking. He has a healthy respect for money, and he's honest . . . Sharp, too.

"He's not much on social life, though. Oh, he dates the San Esteban girl; you know, Emilio's daughter? I wouldn't be surprised if he also had something on the side. But, it's only natural . . . he's young. But what the hell, we don't check up on our employees here. You know Klail City and the Valley, and it wouldn't take long for word like that to get around . . . I mean, if anything was wrong . . .

"Jehú speaks Spanish very well, you know; none of your Tex-Mex either; I heard he'd been raised in part by a Mexican national and that might account for it. And there's nothing wrong with his English either; he's a Valley boy, and I guess the Army helped there, too.

"He first started to work for us—the Ranch—over at the KC Savings and Loan; he did mostly high risk insurance lending over there. I brought him over *here* with barely a year's experience; but, he's a natural. I mean, he *likes* banking; he knows how to smoke out a deal and see it through, and he's not interested in politics or the civic stuff; don't misunderstand: he knows it's important for business . . . I don't even know if he votes or not.

"He's got a good sense of humor, though. It's a bit pointed at times, but I can understand that; I was born poor myself . . . He worked well here . . .

"Jehú tolerates my brother-in-law, Ibby; Ibby's been at this bank some thirty years now, almost as long as I've been here, and that's before Blanche and I were married. Now, you'd think Ibby would have picked up what the hell banking was all about in that time: you take in money and you lend it out; you charge interest, and it's always the same money, but you usually wind up with more. That's all. I can solemnly swear that Ibby still hasn't got *that* down. But Ibby's too easy a target, and so Jehú won't go after *him;* so, he tolerates him. Puts up with him, don't you see? Now, when Ira came in last year, and that boy *is* full of shit, he tried telling Jehú what banking was all about—Jehú let him; still does. Or did 'til he left. At times the humor was so sharp Ira didn't feel the pin pricks—I mean, he's *that* thick. Old Jehú would ask the dumbest questions you ever heard, and Ira would stumble over *that*. Well, I didn't care as long as it didn't affect the work here . . . but this takes me to something else: Jehú's not above getting into old Becky's pants and pulling 'em down. Know what I mean? Well now, that's where I come in—hold it, Galindo, I mean that *that* is bank business; we can't have that going on. It's bad for business. Right?

"I'm not saying it happened. But I know Jehú; hell, I was like that myself, years ago. Ask old Viola Barragán; shoot! ask Gela Maldonado, too; ha! I bet old Javier Legui *still* doesn't know about *that* . . . no matter, that was over thirty years ago . . .

"One last thing: Jehú's got a job here whenever he wants it. When he left here he just said he *had* to go. There was never *any* question about money. In any way. I heard something about graduate school, but that's probably just a thought on his part."

Confesión: El esc. se fumó uno de los puros ofrecidos y pagó por ello con dos días de cama tan malo así se puso y se sintió.

El esc. le avisa el lector que él no sabía ni tenía noticia de los viejos enlaces Perkins-Barragán y Perkins-Maldonado. El esc. sólo se permite decir que todo puede ser.

Pregunta: ¿Habrá razón alguna para darle importancia (debida/indebida) a los susodichos enlaces? ¿Acaso se acordarán Viola y Gela? ¿Acaso importa que se acuerden? Se le advierte al lector que quizá mejor será dejar lo del agua al agua.

33

E. B. Cooke

Viudo por más de cuarto de siglo, este informante es el tercero de seis hijos que tuvieron Clayton y Myrna B. Cooke; de los seis, restan tres hombres y una mujer: el informante, y luego le siguen Parnell, idiota congénito; Blanton, cincuentón que ahora vive en New York; y Blanche, la esposa de Noddy Perkins.

El informante es algo displicente pero el esc. ve que lo desabrido no viene con él; es decir, no es nada personal, es solamente parte del carácter del informante. Su nombre de pila es Everett; la inicial *B* es por lo Blanchard que explica el parentazgo de estas dos familias.

"Oh, I know you've talked to Noddy—and it doesn't matter . . . *in the least.* I also know what he thinks of me, and I don't care about *that* either. I don't like banking, and I never have. I wanted to be a painter, Galindo, but the bank and the Ranch and the stores, and the land, and the rest . . . well, *someone* in the *family* had to be in it here, at this end, and, Noddy is not *family.* Sammie Jo is, but *he's* not. Both Grover and Andrew died young; Parnell is not equipped for it and that leaves Blanton and me. On the Blanchard side, there's not much to pick from, if you ask me.

"And I know about Jehú—and I don't care to listen or to know whatever it was that Noddy said. Jehú's been here close to four years, and he and I get along; *he* knows I don't like this business, and so he does most of the ground work; I make policy.

"I really don't know if he *likes* the business. In point of fact, it's hard to tell *what* he likes or wants. I think he enjoys it, but I can't see him here for the next thirty years . . . he won't be wasting *his* life here. I know he's got some money saved; how much, too; and I don't find it such a shock that he left or wants to leave. I don't know where *that* stands at the moment. I know he wants to go back to Austin, to the University, and that's all there is to *that* piece of business.

"As you know, Noddy's my brother-in-law, and we don't get along. Never have. Blanche is a sick woman and has been for years; and Noddy's been no help *at-tall*. I don't care to get into that, but I thought you should know . . .

"As for Noddy . . . Noddy doesn't like the way I talk, maybe even the way I walk . . . And that's just too damn bad; I'm *family*. And I'm not queer, whatever Noddy may wish and hope for.

"Noddy is a *ridiculous* man; he doesn't know the first thing about ranching or about the oil industry, *but* to hear *him* tell it, well! But he's strong, and he's devious; that's his due, and I may be a damned fool for coming here every day for thirty years, but *someone's* got to keep a rein on him.

"Everything is *planned* with him. He even learned *Spanish* that way. Oh, I know what you think of *us*, but *we're* from here, too, you know. And Jehú and Ira won't be the last Mexicans to work here—and I can promise you that much; but, if it were up to Noddy . . . ha!

"Jehú's bright; he's also impatient, at times. We work well together despite what Noddy says and tells everyone. I also know that Noddy says I don't know the *first* thing about banking, but he's *wrong*. I take no unnecessary actions, and I always make it a practice of letting Noddy have his way. Up to a point. And, then, only in public. I don't *care* what people think of me: I have my own life, I have my own friends, and Noddy's not a part of either one of them. Blanche is, but she's family and so is Junior Klail. And let's not get on the subject of that impossible sister of Noddy's, *please*.

"As for politics, that's what *we* are all about and *that,* Galindo, is merely *farmed* out to Noddy; look, we have businesses *everywhere,* and Klail is but a part of it; the money started here years ago, and we started the town . . . from the Anglo point of view, anyway. But Klail's only a part of it, and Noddy has a small part of *that*.

"I'm the cashier here, but I'm also the Secretary-Treasurer for the Corporation; Noddy knows perfectly well what *that* means. He tries to egg Jehú on, but that young man's too sharp for Noddy, and Noddy may even resent that.

"As for me, well, I'm a painter, Galindo. A frustrated one, and perhaps not a particularly talented one either, but I can *read* people. I can read *character* . . . Now, would you care for a drink? We can have one of the girls bring something in."

Donde menos se piensa salta la liebre. El esc. conoce a Ibby desde años y años atrás casi desde el entierro de su tío, el centenario

Judge Cooke (Walton H., Jr.) el fundador de los clanes Cooke-Blanchard. Entierro que fue un escándalo de derroche. Más tarde se supo que Noddy tuvo mano en los arreglos funerarios.

El autorretrato de Ibby Cooke discrepa con el papel que Noddy le asigna y el rencor quizá sea más hondo de lo que los mismos cuñados piensen o se imaginen. Las opiniones de los cuñados también discrepan acerca del valor o del conocimiento que puedan tener de Jehú. Esto no es innecesariamente incompatible sino más bien la misma idea con dos divergentes puntos de vista.

El esc. no puede dejar de calcar que ambos señores conocen el juego de la intriga. Difieren solamente en sus métodos: Noddy, a base de espías, sin éstos saber que son espías, y también a base de tácticas conocidas: la tentación (a Ira), la falsa amistad y jovialidad (al esc.) y el trato aparentemente democrático (con todo mundo). Cooke es más observador; él mismo dice que es—quiso ser—pintor; es más dado a la contemplación de las personas y de las acciones. No parece ser intuitivo (quizá su fracaso como pintor se deba a esto) pero tampoco anda dando tiros sin puntería; en vez de tácticas, se podrá decir que prefiere la estrategia que, a su vista, es un campo mayor y elevado. Se invita al lector que considere que los cuñados tienen más en común de lo que parece.

34

Rufino Fischer Gutiérrez

RFG también es Cano, es decir, es Gutiérrez por su padre, Fischer por su madre, y dos veces Cano: por su abuelo paterno, el primer Rufino Cano Guzmán, y por su abuela materna, doña Florentina Anzaldúa Cano. Rufino es hijo del difunto Juan Eugenio Gutiérrez; lo Fischer le viene por don Fabián, el padre de Camila Fischer que viene siendo madre de RFG.

Veterano de la Segunda Mundial como miembro de la USMC, RFG se licenció en San Diego, Cal, volvió al Valle, pasó por Klail y se enterró en esas tierras de Dellis County para recobrar parte de la que perdieron sus antepasados.

El esc. sabe que RFG y Bowly Ponder se presentaron como voluntarios a la USMC allá en el año 1943.

"Le damos por aquí, ¿a la sombra, Galindo? A ver, ¿ves aquel mezquite doblado, el que está cerca de la palmera? Bueno, ese mezquite lo plantó un Peña de los que ahora viven en Barrones, Tamaulipas; queda casi en el medio de la merced que les tocó a los Buenrostro allá cuando las repartieron. Mi primo Israel Buenrostro tiene otro mezquite que también plantó otro Peña pero de los de este lado. De Río abajo, ya sabes. La distancia entre los dos mezquites llega a no menos de cuarenta millas americanas en línea. Tú bien sabes que entre los dos mezquites la bolillada tiene la mayoría de la tierra; uno no querrá toda pero tampoco queremos que acaparen más. Bastante tenemos con los Leguizamón encima.

"Cuando acá se supo que un Leguizamón iba a correr pa' comisionado allá, los mexicanos de este condado vimos eso como maniobra pa' agarrar más tierra. No andábamos descaminados. Aquí en Dellis County el agua corre, moja y enloda igual que la de ustedes en Belken . . . Sí, me parece que sería mejor empezar por allí, con la tierra y el agua.

"El año pasado murió el último Ledesma. Tú conociste a Italo,

¿verdad? Bueno, el county clerk de Dellis—Hendricks—le avisó a Arnold Perkins—a Nore Poike, como le decía el viejito don Esteban Echevarría. Bueno, Hendricks le avisó a Perkins que la tierra se iba a poner en venta, y así fue que Perkins tenía correntía de más de mes. Para ese tiempo, los Landín de acá ya andaban vendiendo y comprando tierra. Uno de los Landín nos avisó que Perkins quería juntar parte de la tierra de los Ledesma y los Landín. Está bien; el negocio es el negocio, pero lo que no nos cayó bien fue que Arnold Perkins quería compartir la tierra con los Leguizamón. Eso lo supimos por otro lado, como tú verás.

"Los Landín hicieron trato con Perkins pero por toda la tierra; entonces nosotros también compramos parte a los Landín y ésa se la vendimos, parte también, a los Peña de este lado del Río y parte a los Zúñiga, parientes de éstos—los Zúñiga, Galindo, son de los Cano del Soliseño. Bueno, mira, allí, mira, allí mismo, al otro lado del río; ¿ves ese caserío? Puro Cano y Zúñiga allí. Como te cuento la cosa parece bien fácil y como nos las puso Perkins también.

"Lo que nos ayudó fue una visita de Jehú después de una barbacoa política que le hicieron a ese pendejo de Ira Escobar. Yo había ido al Relámpago a ver cómo andaban los negocios de la tía difunta Enriqueta Vidaurri; estando allí, vi a Jehú y fuimos a la barbacoa.

"Jehú andaba en compañía de Livita San Esteban . . . mi mujer y yo somos sus padrinos de confirmación, y a Jehú lo conocemos desde que nació. En esta labor donde estás, aquí, precisamente en ésta, fue donde le picó la cascabel a un ministro protestante; un ministro a quien Jehú ayudaba. Bueno, por boca de Jehú supimos que ese Escobar es Leguizamón-Leyva y allí vimos la jugada de Arnold Perkins; a base de esa información—y sin que Perkins lo supiera—hicimos los tratos.

"Ahora me dicen que despidieron a Jehú del banco; en eso yo sigo viendo la mano de los Leguizamón. Aunque te diré francamente que estoy dispuesto a creer cualquier cosa de esa gente cabrona.

"Jehú obró bien con Perkins: conoce algo de tierra, conoce el valor y sabe qué le conviene al banco y qué no. Lo que nos dijo de la parentela de Escobar quizá no se vea bien pero esto es asunto de familia y para mí que Jehú lo vio así.

"Mira, hablando de Belken County . . . Al que vi de allá fue a Bowly—a Bowly Ponder, el que estuvo en los Marines conmigo. Como carga pistola en Klail, él no toma allá y se viene acá a Dellis County y lo has de ver en Flads, tomando en las cantinitas cerca del bordo.

"Me topé con Bowly cuando él ya andaba en trago. Andaba a medio chile; es muy tetera el cabrón, y cuando anda cuete, se la recarga.

"Esa noche estuvo hablando de cómo le había hecho la vida pesada a la esposa de un comisionado de Belken. Que le dio un boleto y que la citó con el juez de paz; esto quizá no venga al caso pero dijo que tenía que ver con la política del condado; sin decirlo, dijo que Perkins andaba por ahí metido en eso. Ahora resulta que esa mujer es la esposa del que fue contrincante de Ira Escobar. Una jugada típicamente cochina de esa gente cabrona. ¡Ja! Pa' lo que les sirvió esa cochina jugada a esos cabrones: el otro salió de diputado a Washington para este distrito. Qué cortos alcances tienen esos Leguizamón . . . Perkins les mete el dedo en la boca y no sienten la picha en el culo . . .

"Hombre, a ver si pasas más seguido por acá; que no se te olvide esta parte del Valle. ¿Qué? ¿Te quedas a cenar? Dale, hombre, a ver qué más me sale."

RFG y el esc. hablaron un tanto más después de la cena pero no fue gran cosa. De lo que dice RFG se deduce que Jehú no dio la información sobre los parentazgos Escobar-Leguizamón por accidente. Tampoco se puede decir que lo hizo por dinero.

Una conclusión: Lo hizo por su conciencia de familia.

El esc. no juzga si obró bien o mal, aunque sí le parece que Jehú violó la confianza de Arnold Perkins en alguna manera. También es preciso notar que Jehú conoce a Noddy mejor que el esc.

Lo dicho no es para disculpar a Jehú.

35
Bowly Ponder

En cosa de tres meses han cambiado, para lo mejor, las vidas económicas y profesionales de nuestro hombre. Renunció el puesto de policía (que se traspasó a su hermano Dempsey) y ahora es diputado al sheriff del condado y, del día a la noche, es medio propietario de una de esas tiendas que llaman Seven-Eleven. Lo vemos, pues, en su marcha como pequeño capitalista y ahora hasta habla de cómo sus dos hijos mayores van a acabar y a recibirse de la secundaria de Klail.

"Well, this has been in the works for some time; George Markham recommended me to Scott Daniels himself, and then the sheriff saw fit to appoint me as a deputy here; I know Klail, I got my contacts here, and I didn't have to move or anything."

El esc., aprovechado que es, se baja al sarcasmo para decir que así Noddy Perkins lo tendrá a la vista.

"Turned out right well, don't you think? And one thing about *this* job, I've got authority in the whole county, *and* a car. And expenses, too, Galindo. All in all, things are looking pretty good; here, listen to this: just last week, in this very car, I went and got Congressman Terry over to Noddy's airstrip. I did, and then gave him a ride home. No hard feelings either; he knew I was just doing my job a while back. Show's you what he's made of, right?"

El esc., si fuera Ponder, se cuidaría de Roger Terry. El esc. no puede creer posible que Roger Terry sea tan irresoluto como parece a no ser que R.T. sea aún más cínico de lo que lo pinta Bowly. Si así es, entonces el esc. y el lector deben apiadarse de Bedelia Terry.

"Dempsey moved right into the radio dispatcher's job, and this meant that both Bobby Bleibst and Merle Gottschalk will now be out on my old car beat. Ole Dempsey's not cut out to be a riding-around man.

"And you say you saw Rufino Eff Gee over to Flads the other day . . . You know him, do you? Did you know that he and I go back a-whiles . . . I saw him not too long ago myself. I got some old girl friends out to Dellis County."

Por lo visto, Ponder está muy satisfecho de sí mismo. La plática no fue una pérdida total: se ve que Choche Markham todavía vuela y gira en el órbite Leguizamón-Perkins.

El esc. trató varias y repetidas veces de hablar con Roger Terry pero sin éxito: diez llamadas en cuatro meses, con su recado en cada llamada.

36
Mrs. Ben (Edith) Timmens

Edith es esposa de uno de los diez o quince abogados empleados por el Rancho y de ahí, el banco; ella habla español, él no. Se puede ver que él no ha tenido que usarlo. La señora de Timmens, originaria de Klail City, es hija del dif. Osgood Bayliss, veterinario que fue del Rancho, y es, por consiguiente, hermana de Hapgood Bayliss, hasta hace pronto, Diputado (D.-Tx.) por el distrito que abarca todo el Valle.

"Pure fiction, Galindo: Hap isn't sick, he's tired. He's tired of Washington, of politics, and he's tired of being away from the Valley so much. Hap says that fourteen years up there is enough, and I agree with him; Ben and I put in six years in the State Senate up at Austin plus another eight in Washington, and I know perfectly well how Hap feels.

"He had told Noddy one whole year *before* the election that he wanted out, but Noddy kept putting him off. I honestly thought he *was* going to get sick. But! *This* time, I think Noddy shaved it a bit too close for *anybody's* comfort.

"Hap's marriage ended tragically as you know, and being an old bachelor all these years, *well*, he just wanted to come back home. The Valley's *home*, and all our friends are *here;* Washington's no place for a normal life.

"Well, it's been ... what? Three-four months since the elections? Hap *looks* good, and he *feels* good. He and Sidney are going down to Mexico, La Pesca, I think, and then Sammie Jo's to join them in a couple of weeks. Have you ever been down there?

"Ben and I have, and we *really* enjoy ourselves. You know, you can't help but marvel how Mexicans from down there *differ* from the Mexicans from up here. Well, not *you* exactly, but you know what I mean. . . .

"The last time we went to La Pesca was during pre-election

time, so Becky and Ira couldn't come, but there'll be other times, we told them.

"You know, Becky and Ira both are still miffed at Jehú Malacara. Jehú didn't lift a finger; I mean he didn't lift *one* finger during the entire election. Oh, he went to *some* of the barbecues, but he never once spoke at a barbecue. You'd think *Noddy* would've *told* Jehú— that's what Ira says; so, Ira's still miffed, and can you honestly blame him?

"Did Jehú ever tell you about something that happened at one of the parties at the Big House? It was silly, but you know the Valley . . . I think it was Travis DeYoung's wife . . . No. It was Loretta; Wig Birnham's wife. . . . Anyway, she either told a Mexican joke, you know one of those Beto and Lupe jokes, or . . . no, it wasn't that either. Oh, I can't remember just now, but it was something anti-mexicano, don't you know . . . Really! I don't know *what* in the hell Loretta Birnham uses for eyes or for common sense. My God! Well, *we* didn't know what to say or do and then she finally just drifted away.

Jehú didn't say a *word* . . . I remember that . . . Oh, yes: he smiled a bit, and he nodded, to himself, and then the next time he spoke, it was in the most broken English imaginable. . . . He's terrible, you know. Anyway, I didn't know *what* to say.

"Oh, wait a minute, now. He *hummed;* yes, I remember that. Know what it was? 'Texas Our Texas' . . . I hadn't heard *that* in *years*.

"Speaking of Jehú, Noddy says that some of the mexicanos in town are saying that Jehú stole money from the bank! That's *silly*. Where do you suppose they got *that* from?

"Noddy says he won't even talk to them about that piece of business. I think Noddy's right. Javier Leguizamón told Noddy not to bother explaining things to *la raza* since he, Javier, would do it. And gladly."

Esta conversación, como muchas conversaciones, murió una muerte natural. El esc., a su edad, aún se maravilla de cómo con una frase aquí y otra allá, la opinión pública gira y torna, que es un encanto.

No porque lo sugirió Edith Timmens, sino porque el reportaje lo exige, el esc. está convencido de que ya no puede prorrogar su visita con don Javier Leguizamón.

De paso: ya que Edith mencionó lo que ella se dispone a llamar el trágico fin del casamiento de su hermano, el esc. desea aclarar

eso con lo siguiente: la esposa de Hap (hija única de un ex-
gobernador del estado) se huyó con un cantante, tenor por cierto, de
una compañía de ópera.

Como de esto hace mucho, 1) muchos ni saben ni se acuerdan;
2) a muchos más ni les importa.

37

P. Galindo: El Esc.

Nombre: P. Galindo. Estado civil: Soltero. Edad: 52 años de edad vivida la mayoría de ella entre gente conocida. Estado de salud: precario aún cuando estaba rebosante de salud.

El esc. se ha pasado dos semanas en cama o cerca de ella. Los órganos le dieron aviso que se acostara, que era mucho el trote del macho.

Tanto trajín, si no peligroso, no deja de ser nocivo. Parece que el Valle le ha ayudado al esc. a recobrar parte de la salud; también puede ser que esté en error y que lo que verdaderamente ocurra es que ve a tanta gente conocida que eso lo hace *sentirse* mejor.

Los rayos equis, desgraciadamente, no mienten. El esc. los estuvo revisando a la par que repasaba sus notas y borradores. El esc. cree vislumbrar el fin de su búsqueda; se trata de unas cuantas conversaciones más.

Como siempre, lo sencillo no resultó serlo. A pesar de lo que digan los que deben saber y los otros, los que saben menos y chillan más, *todo* impide y *todo* ayuda a esclarecer lo que se quiera traer a luz. Una paradoja, pero así lo es.

Para el esc., el paradero de Jehú era importante, tangencialmente. Lo que más importaba era tratar de averiguar lo ocurrido y lo que de eso se pensaba en ambos lados de la ciudad.

Por ahora se puede decir que dejó el puesto por su propia voluntad dígase lo que se diga entre la raza hasta ahora. Lo que sigue tocará sobre lo mismo y se aconseja que tampoco hay que irse con ideas preconcebidas.

Otros hechos y datos así como varios rasgos de información, a veces no siempre halagadores para nadie ni para todos, se incluyeron tal y como se oyeron; el esc. en lo que pudo, trató de evitar, a veces hasta con cierto éxito, trató de evitar, se decía, la sátira y el sarcasmo.

El esc. avisa además que sigue estando de acuerdo con Roberto Arlt: "En realidad, uno no sabe qué pensar de la gente."

Nota final: los médicos, como cada hijo de vecino, y no por vez primera ni última se han equivocado un poco. El esc. está para acabar el mes noveno y cree que tiene parque para un poco más, pero el hígado no perdona y aquí no se valen las ilusiones: realidad, realidad, realidad.

38

Eugenio & Isidro Peralta, Cuates

Eugenio es cobrador de cuentas para la Seamon Loans aquí en Klail, y vive en la casa de su padre, Adrián, por mal nombre "El Coyote." Eugenio y su mujer Hortensia (Cáceres) no tienen familia y la pasan bien; Eugenio también le entra a la política por vía del padre.

Isidro se casó con Englentina Campos y enviudó a los pocos años; no hubo sucesión. En segundas se casó con Mª. del Refugio Beristáin y tienen cinco (o seis) de familia. (El esc. no puede dar el número exacto en este caso. En esa familia hay un dudoso; bueno, eso es lo que dicen.) Vive en la misma manzana que lo vio nacer y en la misma calle donde también viven su hermano y su padre. Isidro trabaja como electricista (dueño propio) y va saliendo.

Ambos se recibieron en Klail High con Rafa y Jehú.

EUGENIO: Bueno, si así lo quieres, yo empiezo y después tú, Chirro.

El esc., ya que no lo dijo anteriormente, consta que los cuates son de lo más idéntico que pueda haber: el parecer, los ademanes, la facha y hasta en el modo de rascarse los cabellos.

EUGENIO: A Jehú lo conozco desde el año del ebra. Cuando lo de Corea, Jehú fue uno de los primeros que mandó llamar la reserva. Yo no fui al ejército; no pasé el examen físico y creo que se debe a que soy ciclán; lo más probable. Tú tampoco pasaste el examen en San Antonio; tuviste tis de chico.
ISIDRO: No fue por eso.
EUGENIO: ¿Entonces? Cada vez que hablamos de esto cambias . . .

El esc. se interpuso antes de que los gemelos Peralta se hicieran de palabras.

EUGENIO: A mí me contrata el banco, de vez en cuando, para ir a cobrar a las malas pagas. Soy cobrador de la Seamon pero hay veces que hago corretaje por el banco también. No es mucho, no te creas, pero todo cabe en la bolsa.

Jehú me explicó que el banco no pierde: si cobro, bien, y si no, también. Ellos hacen un write-off; un bad loan. Si cobro, pues, me dan mi corretaje y ellos también salen bien: recobran su dinero, ¿ves?

Jehú también me explicó que Goyo Chapa, en un tiempo, hacía esto pero se pasó de listo: Goyo reportó que no pudo cobrar a varios—el muy pendejo—y luego resultó que sí, porque la gente vino a ver sus cuentas al banco y allí se vio que Goyo se había clavado parte de la feria.

Casi nada: Pintoville. Estuvo alzado por dos años y medio o algo así . . .

Jehú me recomendó porque me conoce por mucho tiempo, aunque, por cierto, te diré que en la escuela nunca nos llevamos bien . . . pero de eso hace años.

Jehú también me ayudó a conseguir el dinero para arreglar la casa de Papá; que qué clase de préstamo, que qué plazos tomara, etcétera.

Me costó mucho menos. Si lo hubiera tomado con la Seamon Loans: ni hablar, aquí te matan.

Como dice Jehú: "el banco no pierde y no le tengan ni confianza ni compasión." Me gusta el consejo pero como yo lo veo, ése no es modo de proteger la chamba . . . y ahora me dicen que se va o que se fue definitivamente . . .

ISIDRO: Sí, y el otro mexicano que trabaja allí te congela con la mirada; no quiere ni que la raza entre en el banco, h'mbre.

EUGENIO: Hablas de Escobar; así se llama. A ése no lc conozco; dicen que es de Jonesville. Como te digo, no lo conozco.

ISIDRO: No, ni yo, pero como quiera me cae mal.

El esc. hace saber que los gemelos se hablan uno al otro. Es como si el esc. no estuviera allí; es decir, hablan *con* él pero no *a* él. Más bien parecen actores que conocen todos los papeles de memoria. El esc. decide dejarlos hablar.

EUGENIO: Lo que te voy a decir se queda entre nosotros o no digo nada.

ISIDRO: Sabes que soy discreto.

Isidro entonces vio al esc. y éste asintió con la cabeza: discreción, discreción. El esc. pide perdón por todavía otra interrupción pero es que está algo incómodo con este par. Los Peralta *no* se parecen a dos gotas de agua, *son una sola gota.* Lo que sigue fue algo confuso pero se aclaró por sí solo.

ISIDRO: Un verano mentado, la Sammie Jo andaba aquí de vacaciones y Jehú le dio pa' los dulces . . . De eso hace mucho. Y *esa,* Galindo, no fue la primera vez; una vez, hace mucho, cuando la secundaria, en otro verano . . . no la primera vez, *okay?*
EUGENIO: Fíjate, y ahora años más tarde, en las mismas otra vez.
ISIDRO: Pero en la misma casa, tú. 'Ta loco.
EUGENIO: P's sí, tienes razón, pero las ganas no perdonan.

El esc. asegura que lo dicho es lo que se dijo y cómo se dijo; para los cuates, el esc. *debía* saber o pepenar de *qué* se hablaba.

EUGENIO: Síguele.
ISIDRO: Ya sabes que soy electricista.

Eugenio asienta con la cabeza. El esc. hace ídem. Nada, nada: se hablan uno al otro y el esc. que se vaya a freír hongos.

ISIDRO: En un subcontract que tuve con Tommie Kyle, pa' componer una alambrada en el Rancho, me tocó ver otra vez a Jehú con la hija de Noddy Perkins. En la cama, ¿eh?
EUGENIO: Somos cinco los que sabemos.
EL ESC.: (¡Sí el esc.!) ¿Cinco?
ISIDRO: Sí
EUGENIO: Tú, nosotros y ellos dos. . . .
ISIDRO: Ahora voy yo. . . .

El esc. tuvo la enorme tentación de gritar larga y prolongada-mente. No lo hizo. También suprimió la tentación de echarse un trago y de fumarse un cigarro. Con suerte que no lo hizo. El esc. se siente agradecido que él no tiene un doble. Los Peralta lo invitaron a cenar pero se disculpó; dio las gracias, sí, pero se disculpó.

Para evitar cualquier mal entendimiento: el esc. se lleva bien con estos jóvenes, pasa que eso de las calcomanías lo encuentra sobrecogedor.

39

Lucas Barrón

El Chorreao, cantinero viejo y dueño del *Aquí me quedo,* es mucho más mayor de edad que el esc.; es, pues, de la camada de los viejos revolucionarios (Guzmán, Leal, Garrido, et alii). Conoce bien al esc. y a Jehú, a Rafa y, con poca exageración, a medio Klail. Klail mexicano, se entiende.

Habla inglés bien y como mucha de la raza de Klail, tiene parientes en ambos lados del río. De cachetes chapeados y de ojo cristalino, el Chorreao tiene esa voz alta, algo histérica, que se oye en el Valle de vez en cuando.

"A lo que hemos llegado, Flaco; ahora resulta que ni te puedo servir una cerveza de hoquis. ¿Una naranjada? ¿Un té helado? ¿Sí? Ahorita le digo a Turnio que te lo traiga; mira, nos sentamos aquí en mi mesa. A ver, ¡Turni!

"Turni, vé a cruzar la calle y dile a Noriega que quiero un jarro de té helado.

"Conque se trata de mi Jehú, ¿eh? ¿p's qué quieres que te diga? Lo conozco y lo quiero y lo aprecio; todo junto. De mí no oirás nada malo de ese muchacho y conociéndote sé que buscas la verdad. P's bien; aquí se habla mucho pero se sabe poco y no te recomiendo a nadie. Ni a mí, fíjate.

"Ahí viene el té; a ver, Turnio, dos vasos.

"Aquí se oye que lo botaron, que lo pusieron de patitas y de ojete en la calle, que robó, que si esto y que si aquello . . . Que yo sepa, nadie de este lado del pueblo ha hablado con un bolillo; bueno, a lo menos con un bolillo que sepa algo.

"El que viene aquí y habla y dice y que fue y que vino y lo que tú quieras, es Tapia. Pero Polín es fuente muy dudosa. Otro que habla por hablar y desde que me lo caparon en casa nomás se dedica a hablar, es el chueco Emilio.

"Don Manuel Guzmán dice poco pero merece que se le escuche.

Don Manuel dice que si los cabrones bolillos tuvieran cargos ya hubieran jodido a Jehú porque el bolillo no perdona madre y menos cuando se trata de monises. Eso sí, ni para qué decirte que aquí ni se chistea mierda de Jehú cuando don Manual entra a tomar su café . . .

"¿Y qué me dices de Andrés Champión? Primero te raja un taco de billar y luego te vacía un ojo si hablas mal de Jehú. Y no es el unico: Jehú tiene amigos de todas edades. Ya sabes.

"Otros hablan que si se trata de viejas y allí es cuando la cosa se pone seria. Tú sabes que los viejitos no se van a meter en eso. *Pero,* por parte de la palomilla . . . la palomilla le achaca a Jehú de haberse echado a una de las muchachas del banco. Pero eso es puro pedo y nadie sabe nada. Cuando se trata de viejas, a Jehú ni *tú* le sacas media palabra. Es machito en eso de no soltar la lengua.

"En fin, mucha plática, mucho chisme, pero poca substancia.

"¿Y tú, Galindo, qué oyes por ahí?"

Lucas Barrón es buen cantinero y casi tan buen oyente como el esc. (Interrumpe menos también.) El Chorreao está en buenas condiciones: no debe dineros ni favores; el local es suyo y aquél que no se porte bien ya se puede estar yendo.

El Chorreao no lo dice pero tampoco tolera que se le critique a Jehú.

Confesión: el esc. se pone a pensar que si quizá él, el esc., envidie a su joven amigo todas las amistades que tiene.

El esc. también piensa que sería de valor hablar de nuevo con Polín Tapia.

40

Polín Tapia

Vide #23.

"No sé nada; y no creas que es porque no quiera hablar. De veras. Uno oye, se pone a cavilar, sí; pero de saber *saber*, no. Nada.

"Ah, y no creas que he andado buscando o escarbando por allí, tampoco. Yo tengo muchos quehaceres, por ejemplo: trabajaré part-time en el despacho local de Roger Terry mientras él atiende a lo suyo en Washington. La otra parte del tiempo, no sé. Bueno, no sé definitivamente . . . quizá con el Rancho pero no . . . no se sabe en qué capacidad. Y si no en el Rancho directamente, en su banco de madera; tú bien sabes que yo sé algo de pintura.

"Pasando a otra cosa. Ira va muy bien y ha hecho varias propuestas que ayudarán a Klail City; él es un joven que tiene talento y que sabe agradecer. Ira me dice que el puesto viejo de Jehú se lo han dado a un pariente de Roger Terry y eso se debe a que las obligaciones del condado le impiden a Ira que progrese en el banco. Pero hay que ver lo siguiente: Noddy se da cuenta y reconoce los talentos de Ira."

Dejarlo hablar, no contradecirle, no interrumpir, y P.T. que dice no saber nada, se abre como una compuerta. Al esc. casi le da pena de tan bien que conoce a su amigo.

"En el Rancho, de lo poco que sé, todo bien. Ya han vuelto todos de sus viajes a La Pesca, Tamaulipas. Sammie Jo, por fin, no fue esta vez; creo que se fue a ver a unos parientes o que ellos mismos vinieron a verla; ya sabes, teniendo como tienen sus propios aviones, esa gente va y viene que es un encanto.

"El que estuvo enfermito pero ya sanó del todo fue E. B. Cooke, el hermano mayor de la Señora. El abogado Bayliss bien y parece que ya salió de peligro de esa enfermedad que le dio poco antes de las elecciones.

"Y un servidor también va bien; como te digo, empiezo de pronto en el despacho del diputado. Esas son cosas de Noddy, pero también es evidencia de que sabe ser agradecido con uno por poco que uno haya contribuído."

El esc. menea la cabeza, alza las cejas de vez en cuando, se cruza y se descruza los brazos pero no dice ni *bú*.

"No habrá divorcio: Sammie Jo dice que Sidney sigue débil de salud y que necesita de su ayuda—y *éso* para que se ahoguen más de cuatro en una gota de agua. Esa muchacha, digan que *no*, es Perkins y es persona.

"Y nadie puede negar que Noddy y el Rancho no se portaron de lo mejor con Jehú. Pero ya estaba escrito: el que no sabe agradecer, no sabe agradecer . . . Bueno, mejor no empezar por ahí porque eso es cuento de nunca acabar."

Las orejas del esc. se erigieron un tanto como las del conejo en nopalera ajena que oye ruido desconocido.

"Según Ira, en el banco todo bien y como si aquél nunca hubiera pisado allí. ¡Ja!
"¿Y qué de tu vida, Galindo? ¿Qué me cuentas? Te ves malón todavía."

El esc. le agradece (hay que saber agradecer) a su amigo esa solicitud; se la agradece porque aunque P.T. tenga sus flaquezas y rarezas, treinta y pico de años de amistad no se olvidan de un día para otro. Es más, Polín Tapia tiene pocos amigos que le aguanten tanta cháchara. El esc. por natural disposición, le gusta escuchar; en este caso más. En este caso es imprescindible.

41

Vicente de la Cerda

Dueño del camión *Klail City no se raja,* es otro de los que conoce a Jehú desde que éste era niño; aunque no sabe mucho del caso, él quiere intervenir.

"Bueno, ¿ve este troque aquí? Jehú me prestó el dinero para comprarlo . . . No . . . eso no está bien. Me facilitó el dinero; él no firmó la nota—ese fue Israel Buenrostro—porque Jehú, como oficial del First no podía firmar, ¿ve? Lo que le digo, Jehú, como loan officer, trilló el camino. Es hombrecito el muchacho; tiene sus vicios, pero quién no, ¿verdad?

"Mire, la verdad, yo no sé mucho de ese pleito viejo Leguizamón-Buenrostro, pero yo oí, no hace mucho, oí . . . oí que, a ver, ah sí, que Jehú le dio sus estrujones a la Rebequita, la esposa del Irineo Escobar, al que llaman *Aira.* P's sí; que la rellenó, como decimos en Klail . . . P's sí, bien puede ser que por eso se fuera Jehú del banco. El muchacho está joven y no es capón.

"Ahora, a la que sí no conozco es a la farmacéutica; a la niña San Esteban; la del carrito verde . . . Los del *Blue Bar* dicen que si Jehú iba en serio, que sería con ella. Buen palo, señor Galindo, no, no . . . Quiero decir que a buen árbol se arrimó Jehú. Y está bien, a cabo los dos son universitarios. Pero, como le digo, yo hablo de lo que oigo. De saber, *saber,* no, y ni pa' qué mentirle . . .

"En el *Aquí me quedo* se dice que Jehú le daba pa' los dulces a la Sonny Job (sic) de Norberto Perkins; que tenían su entendimiento, ¿eh? Sus relaciones . . .

"P's sí; que tenían sus relaciones. Que desde la *high school,* fíjese. Bueno, a lo menos ese es el run-rún enquese el Chorreao. Unos dicen que Norberto sabía y otros dicen que no. Y, otros todavía, que al Norberto ni le importaba. Eso sí que 'ta pelón, Galindo, eso es descompasarse.

"Y he oído también que en un tiempo Rafa y la Sonny Job se

veían muy seguido. Fíjese. Sí; en lo mismo. El primero que lo dijo fue el Turnio Morales, pero ése no sabe nada de nada. Pa' mí que es pura envidia.

"El Rafa sabe lo que hace; no por nada fue hijo del Quieto. Y Rafa también es muy, muy . . ."

El esc. no cree que debe ayudar a hablar ni de poner palabras en boca de nadie. Se supone que el informante quería decir *discreto*.

"A ver . . . Ya sé: El Rafa no es bocón, Galindo. Eso; no es soflamero.

"Bueno, aquí la mocho. A ver si más adelante le cuento más o, a lo menos, algo que sepa de seguro."

El esc. quisiera aclarar que él no siempre da crédito a lo que digan los fijos del *Aquí me quedo* o del *Blue Bar*. Pero también reconoce que tampoco hay que andar echando tierra a lo que se diga por ahí; mejor es oír y escuchar todo (y con cuidado) para así seguir tratando de asirse de la verdad que se venga distilando por la coladera.

Vicente de la Cerda, por lo visto, aunque mayor que Jehú, es su amigo.

42

Emilio Tamez

Casi de la camada de Rafa y Jehú. Peleonero de cantina hasta los veintitantos años cuando, por fin, se casó y luego su mujer lo aplacó. (Quizá no venga al caso, pero la mujer de E.T. es de lo más chaparra que el esc. haya visto en su vida: chaparra, chaparra, y tapona.)

Tamez sigue tomando aunque no tanto y los del *Blue* dicen que el día que se vuelva a agarrar a golpes en la cantina con alguien eso será anuncio general de que su mujer, la Estercita Monroy, ha muerto.

En vez de pelear, Emilio se ha retirado al campo más sosegado de las habladurías. Emilio lleva varios años de manejar una de las pickups del Rancho y se le verá de sol a sol llevando y trayendo a los pequeños herederos Blanchard que, por ser tantos, se comerán a los Cooke un buen día de estos.

"Dice mi hermano Joaquín que el Rancho ya tiene siete vagones de alambre para las cercas que piensan renovar pa' mayo; los postes, como siempre, de ébano. Joaquín firma por todo allí en la estación donde caen todos los pedidos del Rancho.

"Da gusto trabajar con gente de ese tipo . . . cuánto dinero no tendrán los Blanchard que hasta ven a los parientes Cooke así, de reojo y por encima del hombro.

"Y fíjense, a uno lo tratan con mucha consideración; hasta da pena decirlo, aquí con amigos y en cantina, pero a veces los bolillos son más personas que uno. No, no, no—no soy agringado, ustedes me conocen . . . es que uno sabe apreciar y proteger lo que tiene. Y no . . . y no como unos que consiguen más educación y luego no saben proteger la chamba . . . Sí, lo digo por Jehú que . . . si no está aquí pa' defenderse, lo mismo da; porque si pasara por esa puerta, se lo diría a la cara.

"El bolillo nos jode pero a veces uno también le da la pólvora . . ."

Emilio Tamez habla por hablar; al esc. le parece ridículo que Tamez sepa qué opinan los Blanchard de sus primos los Cooke y vice versa. Es más, tan corto de vista está que se olvida de los Klail con quienes todo empieza. Como dicen los matemáticos: hay que saber distinguir entre lo importante y lo esencial . . . y otras cosas más.

"Y ¿qué me dicen de los *garage sales* de esa gente, eh? Los tienen en el Rancho y esas son pa' *nosotros,* los trabajadores. Es ropa de primera y poco usada. ¡Y barata que se compra! Ah, ¿y el dinero? ¿Saben lo que hacen con él? Se lo dan a su iglesia. Ellos no necesitan el dinero; lo hacen de caridad.

"Eso es saber ser persona y no pedazo, ¿qué me dicen?

"A ver, ¿cuánto tiempo anduvo Jehú con esos aleluyas locos? Y vendiendo biblias, tú . . . ¡Ja! Pa' acabar como acabó. ¡Quedando mal!

"Nosotros los Tamez somos muy trabajadores . . . Y no somos dejados. ¿Y Jehú? A ver, ¿cuándo se le ha enfrentado a alguien en una cantina . . . ¿o dónde sea? El colegio lo arruinó; se educó y luego no dio la medida en la calle ni en el banco . . ."

Puede ser que Tamez anduviera en trago. La conversación-monólogo saltaba de aquí a allá y sin rumbo; a la deriva, pues.

Siempre han sido trabajadores los Tamez y eso no se niega; a veces hasta se les ha alabado por ello, pero bien visto, pocos hay entre la raza que no lo sean. El trabajo no viene siendo virtud única y menos cuando es propiedad muy nuestra esa de trabajar en lo que sea.

El esc. piensa también que Emilio habla y dice lo que dice de Jehú debido a la ley no escrita: lo dicho en cantina, y en trago, allí se queda. La ley tiene que funcionar así, de otra manera la vida sería intolerable.

43

Arturo Leyva

Contador y tenedor de libros públicos; casado estos veinte años con Yolanda (la hija de doña Candelaria Murguía de Salazar alias 'La Turca' y del dif. don Epigmenio) es de la edad y de la camada del esc.

Conoce a Jehú desde que éste era niño.

"Qué no vengan aquí con historias de Jehú . . . Y si vienen, que vengan preparados a que Arturo Leyva se las raye parejo, en seco, y por mayoreo.

El esc. interrumpe para informar que el informante habla de sí en tercera persona. Siempre.

"Arturo Leyva no permite que se desmanden ni con él ni con sus amigos; que Emilio Tamez o el que sea hable así fuera de la cantina, en el parque de pelota, por ejemplo, entonces Arturo Leyva viene y le pone pare a su pedo al inmediato y por entrega. Y Arturo Leyva no se detiene con Tamez; se trata del que sea."

El esc. señala que A.L. no es ni de lo más grande ni fornido que haya en Klail; pasa que es decidido y no habla por hablar. Tiene su sentido de amistad y lealtad; aún no se le olvida que Jehú, años ha, le salvó el pellejo en un asunto de amores que si sale al sol hubiera sido funesto y fatal, como dicen. Se habla en serio; si su suegra, La Turca, se hubiera dado cuenta que Arturo traicionaba a la Yolandita, el Valle tendría un contador menos.

"Ese muchacho es y ha sido servicial como pocos. Al año de estar en el banco empezaron las mexicanas a trabajar allí y fue por interés personal no por 'lo otro.'

"Así es. Que le guste el cuento y que sepa contarlo, ¿eso qué?

¿A quién no? Es muchacho del Valle; sabe respetar y no es dejado. Bien dijo Echevarría, que Dios lo tenga. 'Déjenlo solo! ¿Qué le pueden enseñar que él no haya visto y aprendido? La orfandad es escuela muy déspota y con una sola lección: no se *raje*, cabrón. ¡Déjenlo solo!' Arturo Leyva les recuerda y les repite lo que dijo el viejito Esteban en esta misma cantina: ¡Déjenlo solo!"

El esc. se complace en decir que Arturo le invitó a una cerveza; el esc. dio las gacias pero no pudo aceptar; tan malito así está.

44

Esther Lucille Bewley

Cuatro años menor que Jehú (ella mismo lo dice) trabaja en el banco desde que se recibió de Klail High School. Soltera, menudita, y de buen ver, el pelo es rubio, corto y chinito; los ojos remedan canicas azules. Demasiado flaquita para los gustos del esc., se viste sencillamente y eso sí es del gusto del esc. De voz sosegada, Esther aprendió español en los ranchos y en los campos, zurcos y praderas que rodean Klail City y sus alrededores.

"Uncle Bowly said you had come around and talked to him a while back. You didn't know he was my Mom's older brother, did you? Well, he is, and that makes *me* a Ponder on my mother's side . . .

"Let's see . . . Jehú was a Senior in high school when I was a Freshman, and I really had a crush going, let me tell you . . . but that was years ago . . . He never knew it, though . . . at least not till I told him here at the bank some three years ago. And when I did, he just smiled . . .

"There *is* something I need to tell you, Mr. Galindo. It's something I *know*."

Esto último se dijo con una finalidad, con una seguridad, y con empaque sin ápice de malicia. Al decir que sabía ese *algo*, a pesar de su juventud, de repente pareció una viejita sentenciada por el destino a revelar ciertos secretos que la gente ni sospecha.

"I do, Mr. Galindo; I really do . . . You see . . . I've *watched* Jehú. Closely. And I can add; I can put *two* and *two* together as well as anyone . . . But I . . . I'd *never* do anything or *say* anything to hurt him.

"Not once, not *once*, Mr. Galindo, did he send me out for coffee.

I'd *bring* it to him, though, or he'd make it hisself—*himself*—he'd make it himself in that pot there. He'd just do it, is all. But that *other* one. ¿Sabe qué? Yo hablo mejor español que él, and *he* went to *big* Texas A&M . . . well, *he* wouldn't lift a finger, he wouldn't. And you and I know the word in Spanish for *him*, right?"

A este punto Esther se puso coloradita y la imagen de la vejez que le espera y que le sorprenderá pasó como la brisa sobre las palmas: leve, ligera, tibia y calma.

"But I know something, Mr. Galindo, and I know about the fight, too. And you know *what?* Mr. Perkins was righter than he *knew* and Jehú *still* beat him. Jehú beat him at his *own mean game.* Oh, I could've kissed him, Mr. Galindo . . . Jehú, I mean.

"After the shouting, he walked out of that office, winked at me, and then he gave me that smile of his; he then turned to Ira and pointed at him, you know, like with a toy pistol? Well, he did, and he smiled again. But it wasn't the smile he gave *me*. Know what he did then? He called me over and said, real serious like, but smiling at the same time: 'Esther, the world's full of sons-of-bitches, but killing's against the law, so you've got to skin 'em once in a while just to let them know you're here.' And then, 'Want to flip to see who makes the coffee?'

"See what I mean?"

El esc. que no es tan cínico como él cree, notó que a Esther Lucille le bailaban esas canicas azules que usa en vez de ojos. Esther no lloró y si a eso hubiera llegado la cosa, el esc. hubiera disimulado: cuesta poco, vale mucho.

"It's not important that I tell you *how* I know, but I do, and I know about *both* of them, Mr. Galindo, *both* of them."

Aquí Esther apuntó con el mentón, primero al despacho de Noddy y luego al escritorio de Ira Escobar. También se le notó la tristeza, pero, flaquita y todo, Esther Lucille Bewley sonrió esa sonrisa que la ha de llevar a su vejez cualquier día de estos. El esc. quiere que antes que la vejez venga y derroque la juventud de esta muchacha, el esc. quiere que Esther sea feliz, incluso, muy feliz.

No es mucho pedir.

45

Don Javier Leguizamón

Este señor ha llegado ya a los setenta y pico de duros años. En su vida variable que lo ha llevado a los principios de esta década de los sesenta, ha sido comerciante y contrabandista en ambos lados del río (en bruto). Siempre ha sido fiel seguidor a sus instintos. Nació y espera morir de la misma manera: con los ojos bien abiertos.

Muchísimo más se podría decir de él y del familión Leguizamón pero el esc. reconoce que aún así diría bien poco. Al decir esto, no se quiere dejar la impresión de que el esc. se tapa con la ropa de la ironía.

"Sin que me quede nada, y esto no es vanagloria, que a mi edad ahora y ni de joven, me ha gustado ese papel . . . como decía: sin que me quede nada, YO (sic), en gran parte, le conseguí el puesto a Jehú en el banco. Me siento responsable.

"Había dos puestos originalmente y YO hablé con Noddy sobre Jehú y allí entró. Un par de años más tarde, hubo otro puesto y ése le tocó al hijo de mi sobrina Vidala.

"En aquel tiempo, Jehú estaba muy necesitado y de allí que lo recomendara a Noddy. YO conozco a Jehú desde que era niño; en un tiempo hasta trabajó en una de las tiendas que tenemos aquí en Klail."

El esc. ya perdió la cuenta de toda esa gente que conoció a Jehú cuando éste era niño.

"No puedo disimular que Jehú me decepcionó algo ya que no nos ayudó durante las elecciones; no obstante, señor Galindo, si se me presenta la oportunidad de nuevo, de nuevo lo vuelvo a recomendar. O se es firme o no. Así soy YO; así somos todos los Leguizamón.

"Usted bien sabe . . ."

OJO: El esc. no sabe nada.

". . . que de los hombres, y todos nacimos el siglo pasado, YO
soy el único que queda. La familia, gracias al Señor, es grande y YO
ya no tengo que andar preocupándome con los negocios: Que lo
hagan ellos, los jóvenes.

"Uno se dedica, como siempre, a su familia y a sus negocios. Si
se cuida lo primero, lo segundo viene de por sí: conciencia tranquila,
tratando de no injuriar al prójimo y si hay oportunidad de hacer un
favor, que se haga. YO no pregunto a quién sino cómo, cuándo y
dónde. Lo dicho, señor Galindo, se dice en humildad. Diría que me
enorgullezco de mi humildad si decir eso no estuviera fuera de mi
carácter.

"Sé que varia gente no me aprecia, pero eso no me molesta. En
un tiempo, sí, pero ahora no. A mi edad, uno ve que no hay por qué
molestarse—indebidamente—por lo que se piensa o se diga de uno
erróneamente. El hombre no es la perfección andante, pero no por
eso hay que irse a pique o por los caminos de la perdición.

"El trabajo, la familia, el orden y el progreso, la seriedad, la
sobriedad, y ayudar a los caídos; lo dicho, si no es el lema personal
de los Leguizamón, a lo menos es algo que tratamos de seguir.
Asiduamente.

"El favor a Jehú no fue el primero y, como dije, seguro estoy
que no será el último. Aunque pariente, e ignoro si lejano o cercano
de esa familia que tan injustamente piensa y quizá obre mal para
con nosotros los Leguizamón, digo, aunque Jehú sea pariente de
esa familia, Javier Leguizamón sabe hacer favores y no es de esos
que después vienen a cobrarlos."

El esc. cree innecesario el hacer sus acostumbrados comentarios.
El esc. decide no poner ni quitar *jota* a lo dicho por el señor
Leguizamón. El esc. prefiere que lo dicho por J.L. quede como su
monumento personal, inviolable, intocable.

El esc. tampoco ha de sobajarse a la ironía en este caso.

46

Jovita De Anda Tamez

Esposa del mayor de los Tamez, algo güila de joven, le ha dado varios hijos y pocos sinsabores a Joaquín Tamez. El esc., y no sabe cómo decirlo, oyó cuentos, rumores, equis, hace mucho, poco después de Corea, que Jovita acomodó—¿Y será esa la palabra?—que acomodó, se decía, a Jehú o a Rafa. Se hace mención de esto porque los rumores no fueron de cantina; se oían en bocas femeninas.

El esc. no ofrece, por no tener, pruebas.

"Tengo años de no ver a Jehú Malacara, y a Rafa mucho más todavía. A Rafa lo devisaba cuando él pasaba por aquí a su trabajo en que el Chorreao; en ese tiempo, él trabajaba en los veranos y Joaquín y yo lo veíamos pasar desde el corredor.

"A Jehú, como le dije, Galindo, hace años . . . Y ni que Klail fuera tan grande pero en la casa no hay qué falte por hacer; ya sabe.

"Por aquí Emilio cae seguido y siempre los domingos cuando él y Ester vienen de visita; se habla de todo y apenas hace poco que oí algo, y tardillo, porque lo de Jehú es cosa del año pasado, ¿verdad?

"Lo que se oye mucho es que la farmacéutica San Esteban va a dejar el negocio para irse a vivir con Jehú; que en Houston, usted. Esto lo oí por Emilio y no sé dónde más, pero de oírlo, lo oí más de una vez. También se dice que la farmacéutica va a usar parte del dinero de la farmacia para pagar lo que Jehú quedó debiendo en el banco . . . Emilio me cuenta lo mismo y muy en serio.

"Y ¿será verdad todo eso? ¿Que ella lo vaya a ayudar? Otros dicen que no; que Jehú consiguió trabajo en Austin y que les manda parte de su sueldo al banco para saldar lo de ahí . . . Un arreglo especial entre ellos . . . Yo le digo esto a Emilio pero él me dice que no; y dice también que la farmacéutica es una boba porque está tirando su dinero.

"Yo no sé qué pensar; yo conozco a Jehú y no lo puedo creer.

Aunque eso sí, la gente cambia, no hay duda. Ah, espere, allí en la tienda de don Efraín Barrera oí que los Leguizamón habían ayudado a Jehú. Joaquín dice que estoy loca, pero así lo oí yo.

"Bien sé que una no sabe mucho, pero eso es lo que se oye."

El esc. nota que Jovita todavía está de buen ver; ésta es una mera observación y sin guisa de nada; desgraciadamente.

El lector está libre de aceptar o de rechazar lo que diga Emilio Tamez aunque el esc. espera que el lector considere ridícula la idea de que los Leguizamón ayuden a Jehú o a cualquiera que no sea de la línea Leguizamón.

Tocante a lo que se dice de la señorita O.S.E. y de su hermano y de la farmacia y de Jehú, el esc., por ahora, no ve que haya provecho con otra conversación con Olivia o con Martín San Esteban.

LOS EVENTOS CONSUETUDINARIOS

QUE OCURREN EN LA RUA*

El reportaje se termina con Jovita de Anda porque el esc., al leer todo lo demás que tiene en mano, opina y da garantía que nada de ello ampliaría lo que se sabe del caso.

Lo suprimido, por consiguiente, lo considera innecesario ya que tampoco es asunto de llenar renglón tras renglón: ése no es el caso ni es ése el camino.

---

*Lo que pasa en la calle. Antonio Machado, 1875-1939.

Las cuentas resumidas

A pesar de que cierta gente, más o menos responsable, u otra gente que debe saber, y que sabe, y también a pesar de las muchas amistades que tiene Jehú Malacara y de aquellos que dicen que son sus amigos y conocidos, la mayoría de la raza—la gran mayoría— dice que Jehú es culpable.

En efecto, no precisan de *qué* pero eso es lo de menos. El esc. también ha oído el tono y la manera, el *cómo* lo dicen, y se pone a pensar que si todavía hubiera piedras por esas calles de Klail, que Jehú al volver tendría que andar con mucho cuidado y en constante vigilancia por su persona.

El esc. también oye que en Klail se dice que a Jehú lo habían botado del ejército y que lo echaron de su puesto en la secundaria las dos veces. Además, que en el banco, verdaderamente, no hacía nada y que se le tenía allí de muestra pero que, por su comportamiento dudoso, ahora la raza no tendría oportunidad de volver a trabajar en el banco.

Otras voces dicen que Jehú no se ha casado (a pesar de tener sus treinta años)por su temor a las mujeres y todavía otros dicen que no, que su celibato se debe a otras preferencias.

Los techos de las iglesias (de la Apostólica y los ramos protestantes) cuentan que siempre hubo falta de discreción, de fe, de seriedad y, por supuesto, de dinero en las arcas.

Las madres de familia dicen que *ellas* ya lo sabían y que sólo se esperaron paciente y resignadamente con los brazos cruzados sabiendo que a Jehú ya le vendría su día. *Merecido se lo tiene* es lo que se oye con más frecuencia. Los padres de familia asientan con la cabeza y les dan toda la razón a sus respectivas consortes.

Jehú, en Austin, ignora lo que se dice de él en Klail, pero el esc. está convencido de que no faltará alguien que tome la venia y luego le cuente todo sin omitir absolutamente nada. Sépase que hay gente que insiste que a ésto se le llama amistad.

El esc., en resumidas cuentas, también piensa que cuando Jehú Malacara vuelva a Klail City—al fin y al cabo, de aquí es— que todos los perros en el barrio mexicano se van a poner en línea para mearlo.

Los hay con suerte.